ROSES DE SANG, ROSES D'OUESSANT

DU MÊME AUTEUR
CHEZ LE MÊME ÉDITEUR

L'Esprit de famille (tome I)
L'Avenir de Bernadette (L'Esprit de famille, tome II)
Claire et le Bonheur (L'Esprit de famille, tome III)
Moi, Pauline ! (L'Esprit de famille, tome IV)
L'Esprit de famille (coffret tomes I à IV)
Cécile, la Poison (L'Esprit de famille, tome V)
Cécile et son amour (L'Esprit de famille, tome VI)
Une femme neuve
Rendez-vous avec mon fils
Une femme réconciliée
Croisière (tome I)
Les Pommes d'or (Croisière, tome II)
La Reconquête
L'Amour, Béatrice
Une grande petite fille
Belle-grand-mère (tome I)
Chez Babouchka (Belle-grand-mère, tome II)
Boléro
Bébé couple
Toi, mon pacha (Belle-grand-mère, tome III)
Priez pour petit Paul
Recherche grand-mère désespérément
Allô, Babou, viens vite... on a besoin de toi (Belle-grand-mère, tome IV)
Laisse-moi te dire
Malek, une histoire vraie
Sois un homme, papa
Une vie en plus
Belle arrière-grand-mère
Voulez-vous partager ma maison ?
La Lanterne des morts
Les Quatre Filles du docteur Moreau
Toi, Pauline
Puisque tu m'aimes

CHEZ D'AUTRES ÉDITEURS

Vous verrez, vous m'aimerez, Plon
Trois femmes et un empereur, Fixot
Une femme en blanc, Robert Laffont
Marie Tempête, Robert Laffont
La Maison des enfants, Robert Laffont
Cris du cœur, Albin Michel
Charlotte et Millie, Robert Laffont
Histoire d'amour, Robert Laffont
Le Talisman, Robert Laffont (La Chaloupe, tome I)
L'Aventurine, Robert Laffont (La Chaloupe, tome II)
Allez France, Robert Laffont
Je serai la Princesse du château, Éditions du Rocher
Un amant de déraison, Éditions du Rocher
Loup y es-tu ?, Robert Laffont
N'ayez pas peur, nous sommes là, Flammarion
Chuuut !, Robert Laffont
Au plaisir d'aimer, Flammarion
Une femme, Flammarion

Tous les livres cites sont également publies au Livre de Poche, excepté les romans des éditions Robert Laffont, publiés chez Pocket.

Janine Boissard

Roses de sang, roses d'Ouessant

roman

Fayard

J'aimerais, chers lecteurs et lectrices, que vous écoutiez la belle chanson « Les roses d'Ouessant », qui m'a donné le titre de ce roman, chanson écrite par Louis Le Cunff sur une musique de Lucien Merer, et dont sont extraits les quatre vers cités page 43.

J.B.

Couverture : Nuit de Chine
Photographie de couverture : © Benoît Stichelbaut

ISBN : 978-2-213-71834-7

– 1 –

La mer est en moi, la mer est moi. Avec ses lames vertigineuses et ses courtes vagues qui viennent paresseusement lécher le sable des plages. Avec ses fureurs et son doux clapotis mêlé de mélancolie, comme une comptine parlant de bateaux échoués et de marins perdus.

Quand ma mère me suppliait de me calmer, elle me disait « cesse de faire des vagues ». Ou, désignant mes longues pattes maigres, elle me traitait d'échassier et soupirait que c'était trop, vraiment, elle ne supportait plus mes criailleries. Et j'entendais protester les mouettes. Afin que mes longues pattes ne me soient plus reprochées, je m'inventais danseuse étoile, vêtue d'un tutu de tulle blanc, à l'Opéra de Brest près duquel nous habitions.

Je m'appelle Astrid, comme le prototype d'un réacteur nucléaire : un signe ? Si je criais si fort, c'est que maman ne me regardait que pour me dénigrer : elle était ainsi, elle ne pouvait pas s'en empêcher. Si, au moins, j'avais eu une sœur ou un frère pour partager, mais non, j'étais fille unique. Et quand papa, pensant me consoler, me disait que j'étais « unique en mon genre », cela ne faisait que m'enfoncer davantage car, dans les deux cas, cela signifiait la solitude.

Heureusement, la mer était là. Celle qui enserrait de ses bras mouvants l'île d'Ouessant où mon grand-père avait sa maison. Elle s'appelait : « L'Albatros », du nom de ces oiseaux aux longues ailes blanches et noires qui les transforment en planeurs au gré du vent. J'y passais toutes mes vacances. Dès le pied posé sur la pierre du port de Lampaul, il me semblait rentrer chez moi. D'ailleurs, quand on me demandait d'où j'étais, je répondais d'Ouessant et non de Brest.

Grand-père nous attendait sur le quai avec la brouette à bagages, ne s'étant jamais déplacé que dans sa barque ou sur son vélo. Dans ses bras, je retrouvais l'odeur chaude de son pull marin épais, mêlée à celle du tabac brun de sa pipe et de la farine de sarrasin dont il avait fait les galettes dont nous nous régalerions sitôt arrivés. Et là, assise à côté de lui à la table de la cuisine, je pouvais enfin cesser de crier : mon cœur était plein.

Mais voilà que j'oublie de parler de grand-mère, emportée par un cancer sournois avant ma naissance et qui, grand-père s'étant refusé à la remplacer, continue de vivre dans les replis secrets de la maison.

C'est sur cette île, appelée « Sentinelle », que j'ai renoncé à porter le tutu de tulle blanc et décidé de le remplacer par des crayons de toutes les couleurs, une boîte de pastels et des blocs de papier à dessin. Il fallait bien que je la croque sous toutes ses coutures, toutes ses humeurs, afin de m'en repaître à Brest durant les mois de privation. Des photos ? Moins nourrissant.

J'ai appris depuis que les habitants d'un lointain pays appelé l'Éthiopie transportent partout avec eux des sortes de rouleaux sur lesquels ils ont peint leur famille, leur case, leur village, afin que, où qu'ils aillent, ils en conservent la chaleur.

J'avais 12 ans quand ma mère plaqua mon père pour un citadin qui lui plaisait davantage, moins taiseux, moins « rustre », disait-elle. En cherchant la définition, je trouvai : « grossier et brutal ». Pauvre papa qui n'était que trop doux – traduisez « mou » – à son goût.

De ce jour, grand-père ferma sa porte à sa belle-fille qui, en guise de représailles, m'obligea à la rejoindre à Nice où elle s'était installée, près d'une mer domestiquée par des bateaux hauts comme des immeubles, aux plages de galets surchargées de baigneurs tartinés d'huile solaire et où il fallait réserver sa place. Tandis que dans le ciel, d'un bleu de carte postale, voletaient d'aimables oiseaux appelés alouettes, étourneaux ou fauvettes.

Lorsque, lasse de mes récriminations, maman renonça, je renouai avec mon océan, jamais dompté, où les oiseaux portent des noms conquérants : fous de Bassan, manchots empereurs et roi Albatros.

Je retrouvai aussi mon père qui assura tant bien que mal ma garde jusqu'à mes 18 ans, et grand-père qui vieillissait trop vite à mon gré.

Pour me préparer au jour où, ainsi qu'il m'en menaçait en riant, il débarrasserait le plancher des vaches, je ne cessais de le dessiner.

– Mais qu'est-ce que tu peux bien trouver à un vieux machin comme moi, tout blanchi par le sel et les années ? feignait-il de s'étonner : coquet.

Je lui répondais qu'il était pour moi le plus beau des hommes. D'ailleurs n'avais-je pas, plus souvent qu'à mon tour, envisagé de le demander en mariage ?

Il aimait bien blaguer et ne s'en privait pas avec moi qu'il avait surnommée sa « berlue », prétendant que je le faisais tourner en bourrique. La dernière blague qu'il me fit fut de me coucher sur son testament, me léguant, à la surprise de tous, sa maison.

Me sauvant ainsi d'un naufrage sentimental appelé Erik.

– 2 –

Erik avec un K, il y tenait. Pas le « K » d'Erik Satie, le musicien-poète, mais celui du roi de Suède qui, il y a deux mille ans, s'était ardemment employé à défendre la « condition de la gent féminine », l'équivalent, en plus joliment dit, de « balance ton porc ».

J'avais réalisé mon vœu de devenir illustratrice et travaillait en freelance, ce qui veut dire « libre », pour plusieurs éditeurs. Lors d'une Fête du Livre à Brest où je signais mes albums, un bel homme au regard bleu et aux épaules larges s'arrêta à mon stand et, après en avoir feuilleté plusieurs, m'exprima son admiration pour mon talent. C'était un fan du *Petit Prince* de Saint-Exupéry. Être capable, en quelques traits, quelques mots, d'exprimer tant d'émotion le fascinait. Sur l'album qu'il me prit, je reproduisis le renard et la rose. Il en parut touché.

Il suffit parfois de souffrir de solitude pour que l'on s'engage sur le mauvais chemin, confondant un besoin de réconfort avec les prémices d'un sentiment plus fort. Mon père avait rencontré une belle Italienne et s'était installé à Florence, je traversais une période de vague à l'âme. J'acceptai l'invitation à dîner d'Erik.

Une quinzaine plus tard, j'emménageais dans son vaste appartement à Brest qui donnait sur le parc de la Penfeld où, les soirs de grand vent, on croit entendre mugir l'océan.

Il dirigeait une petite compagnie d'aviation – d'où sa prédilection pour Saint-Exupéry – et possédait une licence de pilote. Il avait une particule à son nom et un portefeuille bien garni. « Un excellent parti », se serait réjouie maman que je ne voyais plus guère. Pas pour moi qui me sens étrangère dans la « bonne société » et que beaucoup de sous, alors que tant manquent de l'essentiel, met mal à l'aise.

Erik souhaitait m'épouser et fonder une famille. Je ne me sentais pas prête et ne l'aimais pas assez. Lorsqu'une année plus tard, je lui annonçai que je le quittais, il le prit très mal. On ne quitte pas un roi de Suède ! Et lui se contrebalançait de la « condition de la gent féminine ». C'est ainsi que l'héritage reçu de mon grand-père me permit de mettre la mer entre nous.

– 3 –

« Qui voit Ouessant, voit son sang », dit le proverbe. Le ciel se barrait de rouge lorsqu'en cette fin d'après-midi de mars je posai le pied sur le débarcadère tout près du phare du Stiff construit par Vauban, passionné de l'île.

Alban, voisin et ami de grand-père, gardien de la maison, m'attendait, tout réjoui, près de la brouette à bagages. Nous nous sommes serré la main, il a chargé ma valise et mon sac et nous avons pris le chemin de « L'Albatros ».

– Alors, quoi de neuf ici ? ai-je demandé gaiement.

Son visage s'est assombri.

– Encore un accident.

Peu avant Noël, on avait trouvé sur une plage, écorché par les rochers, le corps d'une Ouessantine de 23 ans, mère d'un bébé de six mois. Tous en avaient été bouleversés. Pour l'instant, l'enquête de la gendarmerie n'avait rien donné. Conclurait-elle à un accident ? Ni le premier ni le dernier sur une île battue par des vents violents.

Mais nous arrivions déjà ! Solène, l'épouse d'Alban, une belle et forte femme dans la soixantaine, nous attendait sur le seuil de la maison, un large sourire aux lèvres. Nous nous sommes embrassées. Durant les ultimes semaines de grand-père, elle m'avait beaucoup épaulée, je ne l'en remercierais jamais assez.

– J'ai fait un peu de ménage et mis au frais ce qu'il faut pour votre dîner et petit-déjeuner, m'a-t-elle avertie. J'ai aussi préparé votre chambre. Toujours celle du haut ?

Et comment ! Pas question une seule seconde d'occuper, au rez-de-chaussée, la chambre de grand-père ou celle de mes parents, même si elles étaient beaucoup plus spacieuses et jouissaient d'une salle de bains. Discrets, mes voisins se sont retirés. Après avoir refermé la porte, j'ai pris une longue inspiration : voilà, j'étais de retour chez moi.

J'ai monté mes bagages dans ma mansarde, ouvert grande la fenêtre, m'y suis penchée. Tout était là, avec, en toile de fond, la dame bleue dans sa robe à festons blancs. En face, la lande : un fouillis pourpre et or de bruyère et d'ajoncs. À ma gauche, le bourg et ses maisons blanches et grises aux volets verts. À ma droite, la tourelle du Manoir du Cygne. Le Cygne, premier navigateur ailé, alliant la grâce à la beauté.

Il figurait sur les armoiries des Saint-Hilaire, famille noble qui occupait les lieux « depuis toujours » – ce que l'on dit quand c'est si loin que l'on ne peut le dater. Son actuel propriétaire, Erwan de Saint-Hilaire, perpétuait la tradition en permettant aux éleveurs de moutons noirs, les plus petits moutons du monde, de paître sur ses terrains. Accoutumés aux dures conditions climatiques de l'île, peu gourmands en eau, résistants au froid grâce à leur laine épaisse, ils y vivaient en liberté, marqués à l'oreille afin que leurs propriétaires puissent les retrouver, le moment de la tonte venu.

D'Erwan, on parlait à voix basse et avec respect. De sa femme, Enora, une étrangère venue de Brest, belle, trop belle ?, on chuchotait qu'elle avait un grain. Nul ne la connaissait vraiment, elle ne parlait à personne et certains assuraient qu'à la nuit tombée elle errait dans la lande ou sur les rochers. Erwan l'avait ramenée la bague au doigt, deux années auparavant, peu après la mort de son père. Jusque-là, elle ne lui avait pas donné d'enfant et certains murmuraient le mot « malédiction ».

Les langues courent vite sur une île où autrefois, lorsqu'un marin disparaissait en mer, sa famille organisait une veillée funèbre en plein air au cours de laquelle avait lieu un simulacre d'enterrement sans fleurs ni couronnes. Les anciens affirment que, les nuits de grand vent, leurs âmes errantes font battre les volets de leurs maisons.

Je me souviens… Je viens d'avoir 17 ans et au dire de mon entourage, je ne pense déjà qu'à « gribouiller » – merci bien ! Ce matin-là, j'ai décidé de peindre la tourelle du Manoir du Cygne. Installée entre lande et rocher, je manie allégrement mes pinceaux lorsqu'une voix m'interrompt.

– Je peux ?

À deux pas de moi, Erwan de Saint-Hilaire désigne mon classeur ouvert, empli de croquis.

Je ne l'ai jamais vu que de loin et découvre sa voix : sombre, profonde. Avec, peut-être, comme un rien de mélancolie.

Impressionnée, je me contente d'incliner la tête et, tandis qu'il feuillette le contenu du classeur, je reprends mes pinceaux.

– M'offririez-vous celui-là ?

Il a sorti du lot un ancien dessin représentant une plage éclairée par le soleil levant. Assis sur le sable, vu de dos, un couple contemple l'océan. Au ras de l'eau, brille une étoile de mer.

– Il n'est pas récent. Depuis, j'en ai fait de meilleurs.

– C'est celui-là qui me plaît.

– Alors, il est à vous.

– Merci, Astrid.

Je me fige. Comment connaît-il mon prénom ? Qui le lui a donné ? Je n'ose lui poser la question.

Silencieusement, comme il est venu, il s'éloigne déjà, disparaît.

Combien de temps suis-je restée immobile, mon pinceau en suspens, à écouter la mer me répéter les paroles d'Erwan de Saint-Hilaire ? À combien de reprises, par la suite, me suis-je repassé les quelques images de cette brève rencontre avec le maître du Manoir ?

Et si c'était aussi pour le revoir que j'avais décidé de renouer avec mon île ?

– 4 –

Il est 7 heures lorsque les cris rauques des fous de Bassan me réveillent en ce premier matin à Ouessant. C'était prévu : j'ai dormi fenêtre et volets ouverts. Et grelotté comme on tremble de bonheur.

Je m'habille en vitesse, dégringole l'escalier : huit marches seulement. Ado, je m'amusais à leur donner des noms. La « traîtresse » était celle qui me dénonçait en craquant lorsque, la nuit, je rentrais de mes folles équipées, l'heure autorisée dépassée.

Dans le réfrigérateur de la cuisine, je pioche lait, beurre et gelée de mûre : merci, Solène ! Le temps que le café soit prêt, les tartines jaillissent du grille-pain. Avec le parfum de la mûre, je déguste un petit coin de Bretagne, l'œil sur le jardin où grand-père se plaisait à faire pousser des « cocos » : haricots blancs en forme de prune, en souvenir de grand-mère qui les mettait à toutes les sauces.

Et maintenant ?

Maintenant, j'appelle Morgane, ma complice, mon binôme, la sœur que maman m'a refusée. J'avais 19 ans et venais d'entrer à l'École des beaux-arts de Brest. Elle en avait 23 et menait la belle vie, quand nous nous sommes rencontrées chez des amis communs. Elle m'avait demandé de lui montrer mes dessins. Ils lui avaient plu, moi aussi je crois, et sa proposition de travailler avec elle – scénariste réputée – sur son futur album : un « conte de sorcières », pour changer des fées, m'avait enthousiasmée. L'album avait rencontré un beau succès et m'avait valu la confiance d'un éditeur connu. C'était parti !

Nous avons un nouveau projet ensemble : l'histoire d'un pirate au grand cœur que je rêve de situer sur mon île. Morgane ne la connaît pas et m'a promis de venir la visiter bientôt. Sauf qu'on ne « visite » pas Ouessant : on se rend à sa majesté.

Je forme son numéro, elle répond aussitôt. Mariée à un très sérieux professeur des écoles, Jérôme Voisin, mère de Thomas, 3 ans, elles sont loin les grasses matinées !

– C'est toi, Astrid ?

– Qui d'autre ? Tu viens quand ?

– Madame est bien pressée.

– L'île t'attend.

Elle rit avec gourmandise.

– Tu me mailes speedy des croquis de ta « crique du pirate », je rapplique dès que mon mari prend le relais pour le marmot.

– C'est comme si c'était fait. Bisous au marmot.

Je ris en raccrochant.

Bon ! Il est temps d'aller au marché afin de remplir le réfrigérateur. Imaginez qu'elle arrive demain ? Elle en serait bien capable. J'enfile bottes et K-way, attrape un panier et sors sans faire de bruit. Même si j'apprécie mes gentils voisins-gardiens, aucune envie de leur faire la causette ; trop pressée d'aller prendre la température de mon île.

9 heures, samedi, le bourg est déjà en pleine effervescence. Fraîchement débarqués, les touristes s'en donnent à cœur joie. On les reconnaît à leurs mines pâlottes et leurs mobiles braqués sur tout ce qui, à leur retour, épatera amis ou connaissances. Oubliant parfois d'en savourer eux-mêmes la beauté.

Sur la place de l'église Saint-Paul-Aurélien, Maurice, le poissonnier, a déployé ses étals. Il me salue d'un : « Bonjour, la petiote » qui me ravit. Entre bar, sole, daurade grise et les très rares ormeaux dont la pêche est interdite une bonne partie de l'année, je choisis des filets de lieu, faciles à cuisiner. Du côté des légumes : grappes de tomates, haricots et pommes de terre. Chez le fruitier, je craque pour des gariguettes de Plougastel. Mais qui est cette femme au chignon blanc et au visage sévère qui me suit des yeux, sourcils froncés ? Que me veut-elle ? Le temps que son nom me revienne, elle a disparu.

Bien sûr, il s'agit de Marthe, la gouvernante du Manoir du Cygne, qui depuis des années veille à la bonne marche de la maison. Eh oui ! À Ouessant, les gouvernantes existent encore. Et celle-là a dû connaître plusieurs générations de Saint-Hilaire. Je me demande quel âge elle a.

Pour terminer, la boulangerie d'Anaïs, assiégée bien sûr. Quelques clients me saluent. Ma curiosité éveillée, je lance : « Et au Manoir du Cygne, tout va bien ? » Un lourd silence, accompagné de soupirs, me répond.

La température de l'île ? Fiévreuse.

Me gardant bien d'insister, je prends une boule de pain et une part de « gâteau breton » : pâte feuilletée, beurre paysan : un délice. J'ai cent fois tenté d'en exécuter la recette et cent fois échoué, manquant de l'ingrédient indispensable à la pâtisserie : la patience.

Et c'est cette impatience qui, de retour à « L'Albatros », sitôt mes emplettes rangées, me pousse à frapper à la porte de mes voisins pour m'inviter à boire un café. Avec eux, je peux y aller franco.

– Que se passe-t-il là-haut ? Ça n'a pas l'air d'aller fort.

– Mme de Saint-Hilaire est partie, lâche sombrement Alban.

– Encore ?

Combien de fausses sorties depuis son mariage ? Pour réapparaître quelques jours plus tard, ni confuse ni repentante.

– Cette fois, on dirait que c'est du sérieux : on ne l'a pas revue depuis Noël.

– Les gendarmes sont sur les dents. La famille aussi s'inquiète, en rajoute Solène.

Le père d'Enora, Maxime de Graves, est géomètre. Sa mère, Inès, femme au foyer. Tous deux ont une excellente réputation.

Pauvres parents ! Et pauvre Erwan : comme ils doivent être malheureux.

– 5 –

Il arrive que l'on trouve sur nos plages du bois flotté. Bois provenant de bateaux perdus, de maisons détruites par les tempêtes ou tout simplement d'arbres abattus. Le tout charrié jusqu'à nous par des courants et des vents contraires, comme un tribut versé par la mer à « l'île du bout du monde », ainsi que certains l'appellent.

Ce bois flotté sert d'abri aux oiseaux et autres animaux, mais jamais bien longtemps ; dans un lieu privé d'arbres, où pour se chauffer on ne dispose que de mottes d'herbe séchée et, pour cuisiner, de cette même herbe mêlée de terre et de ronces – cinq heures de cuisson pour un ragoût d'agneau –, c'est un trop précieux cadeau ! Et parfois, pour les enfants, Noël avant l'heure. N'avait-on pas trouvé, en automne dernier, sur une plage de sable fin, un caisson plein de jouets venant de Chine, probablement perdu par un cargo ?

Ce samedi après-midi, répondant à la demande de Morgane, armée de fusains et de papier à dessin, j'ai enfourché mon vélo et je suis partie à la recherche de la « crique du pirate ».

Notre projet n'était, pour l'instant, qu'à l'état d'ébauche, et notre priorité était de camper les personnages principaux de l'histoire. Dont celui que nous avions baptisé avec humour « le pirate au grand cœur », afin de nous démarquer de la fameuse série : « Pirate des Caraïbes ».

Autrefois, Ouessant avait eu le sien : un certain Edward Low, qui arborait sur le pavillon de son bateau un squelette rouge sur fond noir et semait la terreur sur l'île. Et si nous lui opposions notre pirate à nous, qui se contenterait de délester de leur cargaison les riches navires marchands pour la distribuer aux îliens qui, bien souvent à l'époque, périssaient de faim et de froid ?

J'ai choisi, non loin de « L'Albatros », une petite crique profonde et sauvage où pourrait s'abriter le voilier de notre héros. Mon matériel dans mon sac à dos, j'ai descendu le chemin caillouteux qui y menait. Quinze heures trente, ciel dégagé, marée montante. Quelques bateaux de pêche étaient à l'ouvrage le long des rochers, accompagnés par les cris des mouettes et des engoulevents. Qui sait si, parmi eux, ne se trouvait pas celui de mon copain poissonnier ? Fais gaffe, Maurice, ta petiote te surveille.

Calée à un rocher, mon bloc à dessin appuyé à mes genoux, j'ai commencé par tracer les contours de la crique auxquels, plus tard, j'ajouterais mes couleurs. Je me sentais bien, paisible, à ma place. Je travaillais depuis une vingtaine de minutes lorsque, venant de l'autre bout de la crique, un homme vêtu de sombre est apparu. Alors qu'il s'approchait, et même si je ne l'avais vu qu'une seule fois, je l'ai tout de suite reconnu. Et puis n'avais-je pas, il y a seulement quelques heures, parlé de lui avec Alban ?

– Bonjour, Astrid.

C'était bien sa voix, sombre, sourde.

– Vous vous souvenez de moi ? a-t-il ajouté.

– Il me semble.

Ma voix à moi m'a surprise : faussement détachée, teintée d'ironie. De quoi, de qui, éprouvais-je le besoin de me défendre ?

Mais pouvais-je lui répondre : « Chaque fois que je pense à mon île, je pense à vous. De la fenêtre de "L'Albatros", si je me penche à droite, je peux apercevoir la tourelle de votre manoir. Si je suis revenue à Ouessant, c'est aussi pour vous revoir » ?

Sans paraître gêné par mon silence, il s'est approché un peu plus.

– Si je vous disais que le dessin que vous m'avez offert, il y a de cela six ans, m'a aidé dans des moments difficiles ?

Il m'a souri :

– Mais après tout, n'est-ce pas le rôle de l'artiste que de nous accompagner dans ce que nous vivons ?

Et comme je restais muette :

– Un jour, si vous le voulez bien, je vous montrerai l'endroit où je l'ai accroché.

Il a disparu.

– 6 –

Mais qu'est-ce qui m'a pris ? De quoi ai-je eu peur ? Où est passée la « criarde » qui exaspérait maman ? La « berlue » qui faisait tourner grand-père en bourrique ? L'audacieuse, l'indépendante, la provocante ?

Tétanisée par le son d'une voix, ligotée par un regard sombre, emberlificotée dans ses rêves d'ado… Bravo, on applaudit la midinette ! Et toi, Erik, ricane tant que tu veux.

Maintenant, on se calme, on respire à fond : zen. On se repasse le film, clap, ça tourne…

« Bonjour, Astrid. »

Il se souvient de mon prénom et après ? Il ne doit pas y en avoir des tonnes dans l'île.

« Vous vous souvenez de moi ? »

S'il savait ! Et comme il ne saura jamais, chut !

« Si je vous disais que le dessin que vous m'avez offert, il y a de cela six ans, m'a aidé. »

Six ans et il s'en souvient encore ? Wow !

« N'est-ce pas le rôle de l'artiste que de nous accompagner dans ce que nous vivons ? »

Alors là, mille fois d'accord. Il n'est qu'à écouter Isaac Stern, le célèbre violoniste : « Lorsque j'interprète cette phrase d'un concerto, même si je l'ai jouée à d'innombrables reprises, les larmes me montent aux yeux et le public pleure lui aussi. C'est que j'ai touché "la chair de la vie". »

Cette chienne de vie qui tantôt nous transporte et tantôt nous terrasse, qui nous berce ou nous chavire, et nous chante que, quoi que nous fassions, qui que nous soyons, nous ne sommes que des passants.

« Un jour, si vous le voulez bien, je vous montrerai l'endroit où je l'ai accroché. »

Accroché, mon dessin ? Ça veut dire « encadré », « exposé », bien en vue sur l'un des murs de l'auguste Manoir du Cygne ?

Film terminé.

Conclusion ?

Attirée, captivée, fascinée, la midinette. Mais bon, qui est venu, à deux reprises, la bousculer dans son travail ? Tout seigneur qu'il est, je ne l'avais pas sonné.

Qu'en dirais-tu, grand-père ? À part qu'on ne sonne pas un Saint-Hilaire. Même si tu adorais mettre ta « berlue » en boîte, parions que tu t'en abstiendrais, ayant l'art de savoir quand c'était du sérieux. Peut-être aurais-tu ce geste que j'aimais tant : laisser glisser le dos de tes doigts sur ma joue. Et il arrivait que tu récoltes une larme.

J'entends ta voix : « Méfie-toi, fillette, pas d'emballement. Au royaume des Saint-Hilaire très peu sont admis. Il s'y cache, comme dans tout royaume, de dangereux secrets, prends garde à ne pas t'en mêler. »

Et, pour m'expliquer ma trop forte émotion, tu me rappellerais que notre corps est composé, pour sept dixièmes, d'eau salée, faisant de chacun de nous un petit océan soumis aux turbulences de ses marées.

J'ai tourné le dos à la mer, remballé mon matériel, remonté le chemin, repris mon vélo et je suis rentrée à « L'Albatros ». Je n'enverrais pas de croquis à Morgane ce soir. J'attendrais qu'elle soit là pour déverser sur elle mes turbulences personnelles. Comment, descendant dans la crique, l'âme légère et le cœur vacant, je m'étais trouvée prise au piège de l'abominable homme d'Ouessant.

Ma « grande sœur » a dû sentir que ça craignait puisque à peine étais-je rentrée qu'elle m'appelait.

Elle arriverait mercredi prochain à 14 h 30 au débarcadère du Stiff et comptait sur moi pour venir la chercher avec tous les honneurs dus à sa majesté.

– 7 –

De tous temps, pauvres mortels que nous sommes, la sorcellerie, les spécialistes de l'occulte, jeteurs de sorts, médecins des âmes et autres familiers des étoiles, nous ont attirés. On pourrait penser qu'à l'ère d'Internet et de la conquête du ciel, sorciers et sorcières seraient relégués au rayon des antiquités ? Pas du tout. Ils s'appellent aujourd'hui rebouteux, magnétiseurs, coupeurs de feu ou tout simplement guérisseurs. À une époque privée de spirituel, où l'on oublie de se toucher, où il devient rare de se regarder les yeux dans les yeux, le besoin de croire à autre chose, qui nous dépasse, n'a jamais été si fort. Il n'est, pour s'en convaincre, qu'à voir le succès de *Harry Potter* et autres œuvres similaires. Sans parler des accros à leur horoscope ou des fervents de la magie des nombres.

Notre sorcier local s'appelait Robic Le Core. Fils de paysan, il soignait aussi bien les humains que les animaux. On racontait que le don lui avait été révélé tout jeune, alors qu'avec son père il aidait une brebis à mettre bas dans des conditions difficiles. Sous les mains tendues du garçon, mère et petit s'en étaient sortis miraculeusement. Cela s'était su et depuis Robic n'avait plus cessé de mettre son talent au service des autres. Allant même jusqu'à renoncer à se marier, comme ceux qui entrent dans les ordres, afin de pouvoir se consacrer entièrement à sa mission.

On ne prenait pas rendez-vous avec Robic, on allait à la ferme, à la pointe ouest de l'île, on traversait la cour, on longeait l'étable désormais vide et on poussait la porte sur laquelle un écriteau indiquait : « Entrez sans frapper. » Là, ne restait plus qu'à s'asseoir sur une des chaises paillées disposées autour de la lourde table de chêne où la famille prenait autrefois ses repas et à attendre sans faire de bruit pour ne pas troubler les ondes.

À propos d'ondes, Robic ignorait l'existence d'Internet et ne possédait pas de portable qui aurait perturbé l'intervention de l'au-delà. Quant au règlement de sa prestation, chacun déposait ce qu'il voulait dans le petit panier posé près de la porte. Et l'on affirmait que celui qui n'avait pas de quoi et ne laissait rien était aussi bien traité que celui qui sortait un gros billet de sa poche.

Je n'avais encore jamais consulté Robic. Moi et la sorcellerie… Je la réservais à mes albums.

Pourtant, ce matin de mi-avril, j'ai enfourché mon vélo et parcouru les six kilomètres qui séparaient « L'Albatros » de la ferme. Pourquoi cette soudaine décision ? Sans doute la nécessité de mettre mes sentiments au clair. Mais n'avais-je pas prévu de tout balancer à Morgane, ma « grande sœur » ? La mieux placée pour me comprendre ? Sauf que j'entendais déjà son rire gourmand dès que j'aurais prononcé le nom de celui qui me préoccupait.

Aucune envie de rire.

Deux personnes seulement patientent dans la salle. J'ai craint bien pire. Une vieille femme vêtue de noir et un jeune homme au visage tendu qui détourne le regard lorsque je lui souris. Je m'installe à la table et sors un polar de mon sac – j'aime bien. Je m'y plonge. Cela m'évitera de faire demi-tour: mais qu'est-ce qui m'a pris de venir ici?

– Mademoiselle?

Un vieux, très vieux paysan ridé, aux yeux clairs délavés, me fait signe de le rejoindre. Il porte une chemise à carreaux, un épais pantalon de velours et des chaussons. Il me précède dans une chambre: la sienne? Un lit étroit au chevet duquel est suspendu un crucifix barré de buis, une table, et, de part et d'autre d'une cheminée où crépitent quelques braises, deux fauteuils bas et élimés. Des fauteuils «crapauds»? Nous y prenons place.

Il ne m'a pas demandé mon nom, rien. Ses yeux s'attardent sur mon visage. Est-ce à moi de parler en premier? Gênée, je me tortille sur mon siège. Une écolière punie. Nulle!

– Quelle a été la première image qui t'est venue ce matin en te réveillant? me demande-t-il d'une voix lente et comme endormie.

– Erwan de Saint-Hilaire.

Pas une seconde je n'ai songé à le lui cacher. Il l'aurait su. On raconte qu'il raccompagne très poliment à la porte ceux qui tentent de tricher.

Il hoche la tête.

– Tu n'es pas la première à me parler de lui.

Soudain, une évidence s'impose à moi.

– Vous connaissez sa femme! Elle s'est adressée à vous.

– Est-ce pour me parler d'elle que tu es venue?

Sans hâte, il tend ses mains vers les miennes, croisées sur mes genoux et les y laisse en suspens. Instinctivement, j'ai fermé les yeux. Une chaleur monte, se répand le long de mes bras, me gagne toute. Peu à peu, mon cœur se calme. Il me semble que je me rends.

– Je vois autour de cet homme beaucoup de souffrance. Une grande violence aussi. Quoi qu'il arrive, n'oublie jamais qui tu es.

J'entends ma voix lointaine, perdue : « Qui suis-je ? » N'est-ce pas pour le savoir que je suis là ? Pour que le gentil sorcier en chaussons me l'apprenne ?

– On est ce que l'on fait. Ce que l'on ose.

Et cela a été tout. À la chaleur qui me quittait, j'ai compris que Robic avait abandonné mes mains. J'ai rouvert les yeux. Dans les siens, une petite flamme me disait : « Vas-y. » Je me suis levée, j'ai déposé l'enveloppe contenant mon billet dans le panier et j'ai quitté la ferme.

Pédalant vers la maison, j'éprouvais un sentiment intense. En venant ici, j'avais craint que Robic me ferme les portes du manoir ; d'une certaine façon, il m'en avait remis les clés. « On est ce que l'on ose » ...

En breton, Ouessant se traduit par « Euse », qui veut dire « ose ».

Alors...

– 8 –

Il fait beau, bleu, presque doux. Pour accueillir Morgane, Ouessant a revêtu ses habits de printemps.

Alban a tenu à m'accompagner avec la brouette à bagages. Pourquoi pas ? Un peu de couleur locale en plus. Entre ceux qui sont venus accueillir famille ou amis et ceux qui prendront la vedette retour, c'est une petite foule qui piétine. Avec le début des vacances de Pâques, les enfants sont nombreux.

J'étais si triste lorsque, celles-ci terminées, il me fallait rejoindre maman sur le continent ! Je serrais les dents en me promettant : « Un jour ... » Oui, un jour nul n'aurait plus le pouvoir de m'obliger à quitter mon île. J'y viendrais aussi souvent, aussi longtemps que je le voudrais. Le jour où je serais GRANDE !

Ignorant qu'on ne l'est jamais assez pour voir tous nos désirs se réaliser et que, derrière les portes fermées, nul n'est jamais sûr de ce qui l'attend. N'est-ce pas, monsieur le sorcier ?

Mais, là-bas, la vedette vient d'apparaître et tous les regards se tournent vers elle, blanche et bleue comme l'océan qu'elle fend, laissant derrière elle, avec l'écume, la traîne d'une reine. Tandis qu'elle s'approche, je reconnais, à la proue, la haute silhouette de Morgane, cheveux au vent. Quelques minutes plus tard, elle m'attrape dans ses bras.

– À nous deux, Ouessant ! lance-t-elle après m'avoir embrassée.

Puis elle serre la main d'Alban ébloui, dépose avec précaution son matériel de photographe dans la brouette et en avant !

À peine avons-nous fait trois pas qu'Erwan surgit, une mallette à la main, se hâtant vers le bateau. Me découvrant, il s'arrête un instant : « À bientôt Astrid, n'est-ce pas ? » avant de sauter sur le pont.

– Le nom du beau ténébreux ? s'enquiert Morgane.

– Erwan.

– Le propriétaire du Manoir du Cygne, en rajoute Alban avec fierté. Tout près de « L'Albatros ».

– Le Cygne... L'Albatros... tout un roman, s'amuse Morgane. Les mettrons-nous dans notre album ?

La maison l'a enchantée. Et aussi le bouquet de genêts, cueillis du matin par Solène et placé sur la table de sa chambre : celle de mes parents. Pas question, pour l'instant, de donner à quiconque la chambre de grand-père.

Elle avait déjeuné à Brest. Nous avons pris un café dans la cuisine.

– Si tu veux bien, on commence dès cet après-midi. Au cas où mon Voisin de mari, se jugeant abandonné, m'adresserait un ultimatum.

– Et depuis quand obéis-tu aux ultimatums ?

Elle a ri :

– L'amour, ma chère. Quant à toi, ne devais-tu pas m'envoyer des croquis de la crique de notre pirate ? Je n'ai rien vu venir.

« L'amour, ma chère »…

– J'ai préféré te la laisser découvrir « en vrai ».

– Alors, qu'est-ce qu'on attend ?

Elle a choisi un vélo dans l'appentis : le plus grand, avec une barre. Son propriétaire – devinez qui – aurait été flatté. Nous avons pédalé jusqu'à la crique, descendu le chemin caillouteux et sauté sur le sable. Le vent chiffonnait les vagues, les mouettes se livraient à un ballet sonore près des rochers. Morgane a sorti ses appareils et elle a mitraillé les lieux. De retour à Brest, elle couvrirait les murs de son atelier des clichés pris ici afin de travailler dans l'ambiance, de plain-pied avec le décor.

Lorsqu'elle a eu terminé, nous nous sommes assises dans un coin à peu près sec et nous avons discuté du héros de notre histoire.

Oui, elle le voyait bien abritant son voilier dans cette crique, attendant avec ses forbans le moment propice pour s'approprier la cargaison des riches navires croisant dans les environs. Ce qui lui plaisait particulièrement était que notre pirate au grand cœur reste anonyme, distribuant son butin aux îliens sans que ceux-ci sachent d'où leur venait cette manne. Aussi généreux que discret.

– Et son nom, tu l'as trouvé ?

– Pas encore : on a tout le temps.

– Pourquoi pas « Erwan », comme ton seigneur du Manoir du Cygne ?

– « Seigneur » ? Il détesterait. Et tu es priée de lui fiche la paix.

– Propriété privée ?

– 9 –

Ce que Morgane avait de remarquable était sa facilité à se lier avec les autres. On parle de visage « avenant », elle, c'était son regard : heureux de vous rencontrer, impatient de vous entendre, vous donnant l'impression d'être accepté d'emblée.

N'en étais-je pas la preuve ?

Il lui avait suffi d'une soirée pour « m'emballer » dans tous les sens du terme : me plaire infiniment, tout en me prenant dans les filets d'une amitié exigeante, d'une gourmandise qui parfois me mettait mal à l'aise. Comme si elle avait voulu me « dévorer toute crue », à l'instar des ogres d'autrefois.

Mais pour ça, elle pouvait toujours courir. Nul n'est admis à se promener dans mes jardins secrets, peuplés de ces grands et petits moments, ces joies et ces tristesses, qui font la richesse de la vie et sa diversité. Et ne comptez pas sur moi pour être « transparente », comme le voudrait la mode aujourd'hui : sans secrets, sans mystère ni zones d'ombre, l'eau insipide d'un bocal où tournent en rond d'assommants poissons rouges, alors que j'aime à imaginer qu'au fond de mes mers intérieures se croisent d'affectueux dauphins comme de redoutables requins.

Si je tiens à Morgane, je ne lui appartiens pas.

Il n'empêche que, trois jours après son arrivée, l'empathie de ma « grande sœur » nous avait valu la confiance et même l'amitié de nombreux habitants du bourg, susceptibles de jouer les figurants dans notre album.

Des « figurants » dans une BD ? Vous voulez rire ? Pas une seconde ! Dans tout spectacle, de l'opéra au théâtre en passant par le cinéma et la BD, ils sont indispensables. Ce sont eux, ces personnages dits « secondaires », qui donnent leur épaisseur aux acteurs principaux, les mettent en valeur, leur permettent, par comparaison, de briller davantage.

Et grâce à Morgane, entre Maurice le poissonnier-pêcheur, haut en couleur, Anaïs, accorte patronne de la boulangerie, pourquoi pas Alban et Solène, d'autres… nous n'aurions que l'embarras du choix. À ce propos, je m'étais bien gardée de parler à ma scénariste de Robic le sorcier, certaine qu'elle se serait jetée dessus au risque de brouiller ses ondes et de me brouiller avec lui.

Comment remercier tous ceux qui nous avaient ouvert leurs maisons, présentées à leurs familles, raconté leur vie ? Dont monsieur le curé qui, tout heureux de voir son église citée, nous avait donné à la sacristie un cours magistral sur nos ancêtres les druides, présents à Ouessant dans l'Antiquité.

Pourquoi pas en organisant un apéritif géant auquel tous seraient conviés ? Et en y invitant le fameux groupe des Marins d'Iroise qui nous régalerait de ses chansons ?

Adopté.

C'est le dernier samedi d'avril, ciel sans nuages. Maurice a sorti ses étals sur la place. En face, Anaïs a fait de même. Solène les a recouverts de belles nappes damassées puisées dans l'armoire de la maison. Armoire dite « de mariage », décorée de vignes, paons et colombes, emplie de beau linge reçu par grand-mère le jour de son mariage.

Sur les étals de Maurice : le salé. Fruits de mer sous toutes leurs formes : en canapés, verrines, bouquets. Sur la table d'Anaïs, le sucré dans tous ses états : petits-fours, tartelettes, fruits déguisés. Et, comme boissons : champagne, cidre bouché, cidre doux et jus divers. Coca banni.

Morgane n'a pas lésiné sur la dépense : elle a de quoi. Un héritage de son père mort prématurément, je n'en sais pas plus. À creuser ?

La fête a débuté à 18 heures. Tout le village est là. Les quelques touristes restés sur l'île sont les bienvenus. Gare aux jeunes qui ont trop tendance à forcer sur la bouteille.

Un peu à l'écart, je regarde mon amie, riant aux éclats dans un groupe de villageois. Je t'aime bien, Morgane. Comme souvent, je me sens un peu étrangère à la fête, nostalgique de je ne sais quoi.

Un bras se glisse sous le mien, une voix ordonne.

– Venez, Astrid.

– 10 –

Sans penser une seconde à refuser, je suis Erwan. Nous quittons la place sans nous faire remarquer.

Dans les ruelles désertes du bourg, quelques vieilles femmes gardent les petits. À notre passage, un chat file comme un obus.

Il est 19 heures. Peu à peu, le jour s'abandonne à la nuit. Au ras des toits, les oiseaux offrent au ciel une dernière danse.

– Dix sous pour vos pensées, Astrid, me lance Erwan, un sourire dans la voix.

– Je me demandais comment il se faisait que vous vous intéressiez à moi.

C'est venu spontanément, sans hésitation : « Ose », a dit Robic.

– Croyez-vous que je ne me sois pas posé la même question en ce qui vous concerne ? Comment une jolie fille toute neuve et pleine de talent a-t-elle pu trouver un quelconque intérêt à un vieux baroudeur comme moi ?

Si vieux que ça, vraiment ? D'après Solène, 33 ans. Dix ans de plus que moi, pas la mer à boire, dans un sens comme dans l'autre.

– Peut-être est-ce tout simplement que nous étions prêts à nous rencontrer.

J'ai souvent éprouvé le sentiment que, dans la vie de chacun, se présentaient des moments à saisir, des moments cruciaux, décisifs pour notre avenir. Ils viennent le plus souvent lorsqu'on ne les attend pas, que l'on suit son petit bonhomme de chemin sans se poser de question. Si vous les laissez échapper, ils ne se représenteront plus, vous aurez laissé passer votre chance. Je préfère parler de « destin », ça va plus loin. Mais il arrive aussi que l'on se trompe, comme moi avec Erik, le pire étant de ne pas s'en apercevoir. Et voilà, vous êtes passé à côté de votre vie !

– On s'assoit ? propose Erwan.

Il lâche mon bras et nous prenons place sur un banc de pierre encore tiédi par le soleil de l'après-midi. J'ai mal quand je respire. Je me sens sur la crête de l'un de ces moments cruciaux.

– Je crois vous l'avoir dit, Astrid. Alors que je traversais des moments difficiles, le dessin que vous m'avez offert m'a beaucoup aidé. Il m'a donné tout simplement la force de continuer.

Dans sa voix, de la gravité et comme une souffrance. Bien sûr que je m'en souviens ! Et aussi de tout ce que l'on m'a dit sur lui et sur sa femme depuis mon arrivée. Sans compter Robic : « Je vois autour de cet homme beaucoup de souffrance. Une grande violence aussi. »

Nous reprenons la marche en silence.

– Chez les Saint-Hilaire, reprend Erwan comme pour lui-même, on ne pleurait pas. J'ai appris très vite à retenir mes larmes.

– À la maison, ma mère se moquait de moi quand je pleurais. C'est pourquoi il m'arrive de crier.

Une seconde, il effleure ma joue du dos de ses doigts. Frisson. Mais nous voilà déjà au phare blanc et noir, droit, fier, altier. Sauveur de vies. Ce soir, il peut se reposer : la mer sommeille, le soleil couchant y étend son drap rouge orangé. J'avance et appuie ma paume à sa pierre : cela veut dire « aide-moi ». Ce n'est pas la première fois que je le convoque.

– Dites-m'en un peu plus sur vous, demande Erwan alors que nous prenons le chemin du retour.

– Moi, c'est tout simple ! Ma mère voulait un garçon ou rien. Ça a été rien.

Et voilà, ma voix a dérapé. On se croit vaccinée.

– Ne dit-on pas que : « De rien peut surgir le meilleur » ?

– C'est ce que prétendait mon grand-père, votre voisin. Le connaissiez-vous ?

– Un peu. Un homme d'expérience, assurait-on.

– Le contraire de moi, née de la dernière pluie. La « dernière averse », ça sonne plus joli.

Et le voilà qui rit : un beau rire franc, plein de gaieté revenue. Le rire d'un petit garçon consolé. Je suis fière, c'est grâce à moi.

Les Marins d'Iroise se sont fait désirer. On frôlait les 22 heures lorsqu'ils sont enfin arrivés. Après avoir été longuement applaudis, ils ont entamé leur plus gros succès : « Les roses d'Ouessant ».

Écoutez !

> « Et le vent qui sait toute chose
> sait à quoi serviront les roses
> les roses couleur de sang
> les roses d'Ouessant. »

– 11 –

À propos de grand-père…

« Le pire des mensonges est celui que l'on se fait à soi-même », m'avait-il balancé le jour de mes 12 ans en prenant sa voix des grandes occasions.

Maman n'était pas là, bien sûr. Et même si je savais qu'elle ne viendrait pas, j'avais guetté son arrivée toute la matinée, l'imaginant me prenant dans ses bras, m'embrassant à m'étouffer, avant de m'offrir un super cadeau et tout et tout.

Rien.

Alors forcément, quand grand-père avait parlé de mensonge, ça avait débordé. Et devant papa, plus Alban et Solène qu'on avait invités à déjeuner pour mettre un peu de gaieté, j'avais crié-hurlé que oui, d'accord, je n'arrêtais pas de me mentir à moi-même, mais ils pouvaient se rassurer, c'était terminé pour les salades pourries. À partir de maintenant, je m'avouerais à moi-même que je détestais maman, que souvent, le soir, je me fabriquais des rêves où elle était atteinte d'un cancer en phase terminale qui la faisait beaucoup souffrir et qu'elle mourait abandonnée de tous. J'avais même cherché l'orthographe de « mourir » et trouvé : un seul « r », vu qu'aux dernières nouvelles on ne meurt qu'une fois, ah ah. Sauf que, pour m'endormir sur une note d'espoir, j'imaginais qu'à son ultime soupir elle me demandait pardon. Les mensonges que tu te fais à toi-même sont toujours nourris par l'espoir, parce que sans l'espoir, comment tu vis ?

Bref, j'avais foutu mon anniversaire par terre. Alban qui est très discret sur ses sentiments ne savait plus où se mettre. Solène avait les larmes aux yeux et, pour ne pas changer, papa regardait d'un autre côté.

– Eh bien, voilà qui est clair, avait conclu grand-père d'une drôle de voix. J'espère au moins que tu te sens mieux maintenant.

Mieux ? Pas sûr. Et le lendemain, j'avais mes règles ; « Roses de sang, roses d'Ouessant » ? Je ne crois pas au hasard.

Bon, bien ! Plus jamais de mensonge à toi-même, Astrid ? Alors vas-y, exécution !

Je l'aime.

Contre toute raison, toute logique, toute prudence, j'aime un homme que je n'ai vu que trois fois : Erwan de Saint-Hilaire.

J'aime sa voix, même quand elle se fait dure pour cacher la blessure. Son regard qui jamais ne fuit, impérieux pour m'ordonner « Viens », tendre lorsqu'il me demande de lui parler de moi. Et son rire d'enfant meurtri.

J'aime ses épaules larges qui me donnent envie de m'y réfugier, ses mains fortes de gentleman-farmer, ses doigts fins d'aristocrate et, montant de son col entrouvert, l'odeur chaude de sa peau sur laquelle je voudrais promener mes lèvres.

Et si cette nuit je ne parvenais pas à dormir, si je ne cessais de me tourner et me retourner dans mon lit, emportée par une fièvre qui me brûlait là, implacablement, délicieusement, c'était le désir d'être « dévorée toute crue » par le « seigneur du château ». Oui, Morgane !

– 12 –

En attendant, c'est dimanche. Sur la place endormie, nettoyée des vestiges de la fête, les cloches de l'église Saint-Paul-Aurélien carillonnent pour rien.

Dans le jardin ensoleillé, étalée sur un transat, en peignoir, Morgane grignote une branche de céleri, une bouteille d'eau à portée de main.

– Opération « détox » ! clame-t-elle alors que je tire un siège près du sien.

J'interroge :

– Sais-tu que le céleri est réputé pour ses vertus aphrodisiaques ?

Elle a un rire carnassier :

– Et pourquoi crois-tu que c'est mon hors-d'œuvre préféré ?

Et elle ouvre largement son peignoir, révélant un mini bikini. Belle ? Superbe… pour gros appétit. Je demande :

– Tu as l'intention de te baigner ?

– Si tu viens avec moi.

– Morte de rire !

– Morte tout court. Au lit à 3 heures du mat'. On pourra pas dire que la soirée n'a pas été réussie. Ça s'est terminé par un bal avec tes « marins » et je peux t'affirmer qu'ils en ont emballé plus d'une.

Elle attrape la bouteille, avale plusieurs gorgées :

– Et toi ? Comment ça s'est passé ? Je ne t'ai pas vue partir.

– Moi ? Au lit à 11 heures. Crevée !

Par une balade avec un certain Erwan de Saint-Hilaire. Mensonge « par omission » : autorisé.

Transmission de pensée ? Elle tend le doigt vers la tourelle du manoir.

– Jusqu'au dernier moment, j'ai espéré que le seigneur des lieux nous honorerait de sa présence. Mais non : chou blanc !

Je réprime un sourire : trop occupé par moi, le seigneur ! Je me garde bien de répondre. « Mystère et boule de gomme », comme on disait autrefois. Sans savoir que cette « boule » faisait allusion à celle, de cristal, où sorciers et sorcières prédisaient l'avenir. Coucou, Robic !

Je laisse aller ma tête sur la toile du transat. Et toi, Erwan, m'aimes-tu ?

– Tout autre chose, reprend Morgane d'une voix excitée qui ne me dit rien qui vaille. J'en ai appris de belles sur Enora, la femme d'Erwan. Il paraît qu'elle est dérangée. Et personne ne l'a revue depuis Noël, ni ici, ni à Brest où vivent ses parents. Je suppose que t'es au courant.

– C'est un secret de Polichinelle. Nul ne l'ignore à Ouessant. Mais tu vois, on évite d'en parler : Erwan est suffisamment malheureux comme ça. Alors, laisse tomber.

– OK. Et ton Erik, droit d'en parler ? reprend Morgane, intarissable.

– Pas « mon », please.

– Eh bien, « ton » ou pas, je l'ai rencontré avant de venir ici. Il voulait tout savoir sur toi, ta nouvelle vie, tes amours. Ça ne m'étonnerait pas que tu le voies débarquer un de ces jours.

– Parle pas de malheur. Pourquoi débarquerait-il ?

– Son orgueil légendaire. Monsieur est persuadé que tu te languis de lui. On ne quitte pas comme ça un « roi de Suède ».

Si ! Pour le prince d'un manoir.

Et me voilà prise d'un fou rire. Pauvre Erik ! Toute ma bonne humeur revenue, sous l'œil étonné, soupçonneux, de mon insupportable amie, je ris à gorge déployée, à perdre haleine, aux éclats.

Éclats de joie, de bonheur, d'amour à venir ?

– 13 –

Les abeilles noires d'Ouessant sont aussi réputées que les moutons de même couleur. Elles sont, elles aussi, adaptées au climat de l'île. Leur abdomen volumineux favorise le transport du pollen, leurs ailes puissamment musclées leur permettent de braver les intempéries, tandis que leur poil épais, ainsi qu'une importante réserve de graisse, les protègent des grands froids hivernaux. Qui dit mieux ? De véritables athlètes.

Leur miel, au bon goût de bruyère et de sarrasin teinté de caramel, est très apprécié des îliens comme des touristes. De plus, ne butinant que des fleurs vierges de tout pesticide, nos vaillantes intéressent fort les laboratoires qui en tirent leur fameuse gelée royale aux multiples bienfaits. Toutes raisons pour lesquelles les apiculteurs attachent un soin particulier à l'élevage des reines, demandées de tous côtés. Pour la petite histoire : une reine peut vivre durant quatre ou cinq ans, l'ouvrière périt au bout d'une quinzaine de jours. Dans le règne animal non plus, l'égalité n'est pas pour demain.

Enfin, si sur l'île le caractère de l'abeille est doux et serein, il devient agressif sur le continent.

Comme une que je connais ?

Laissant Morgane progresser dans son scénario, cet après-midi riant de début mai, je me suis rendue au fameux rocher de Pacoulerme, à la pointe de l'île où, après m'être régalée du spectacle de ces dames à l'ouvrage et pris des nouvelles de leurs heureux propriétaires, j'ai choisi pour Morgane deux pots de leur fabrication de différentes saveurs et couleurs.

Cherchais-je à me racheter de mon silence à propos d'Erwan et notre promenade au phare ? Je pouvais facilement imaginer sa réaction si elle avait découvert mes sentiments pour lui. Pas question de lui en parler, du moins pour l'instant.

Lorsque, vers 17 heures, je suis rentrée à la maison, j'ai trouvé mon amie dans la cuisine, le visage fermé, pianotant rageusement sur son ordinateur.

– Ah, te voilà quand même ! Où étais-tu passée ?

– Surprise !

Et j'ai claqué les pots devant elle sur la table.

À peine si elle les a regardés. Elle s'est levée et a commencé à arpenter la pièce.

– Ton Erwan, quel malotru ! Quand j'ai osé me présenter au manoir pour lui proposer de participer à notre album, il m'a tout simplement foutue dehors.

D'un coup, la colère m'a submergée.

– Je croyais t'avoir demandé de lui fiche la paix !

– Et depuis quand suis-je aux ordres de mademoiselle ?

Cette morgue, ce mépris, était-ce donc ainsi qu'elle me voyait ? Sa subordonnée ?

– Va au diable, merde !

Je lui ai tourné le dos et je suis montée dans ma chambre. Pour la millième fois, j'ai ouvert la fenêtre et je me suis tournée vers le Manoir du Cygne. Et si, alors que je m'appliquais à me montrer la plus discrète possible, Erwan s'imaginait que c'était moi qui lui avais envoyé Morgane ? Qu'attendais-je pour le détromper ?

Je suis tombée sur mon lit, en proie à un rire qui me tordait le ventre. Écoutez ! J'aime un homme que je n'ai vu que trois fois et dont je ne connais même pas le numéro de portable…

Le soir venu, Morgane m'a remerciée pour le miel. Très calmement, elle m'a annoncé qu'elle quitterait l'île demain matin. Son mari la réclamait, son fils lui manquait. Cela nous ferait du bien de mettre un peu de distance entre nous.

– 14 –

Je n'ai pas dîné, n'y ai même pas songé : aucune faim. Mais soif, très soif, comme dans un désert. Ce « désert de l'amour », sujet de tant de romans, objet de tant de chansons.

Et si ma « promenade au phare » m'avait fait confondre l'amour avec une simple amitié ? Si j'avais rêvé qu'Erwan m'aimait et détruit pour rien les sentiments, autrement solides, qui me liaient à Morgane ? Jeté à la poubelle toutes ces heures, ces journées de création, vécues ensemble avec le sentiment unique d'être en harmonie avec elle, la vie, mon île.

Je me suis détestée.

Cette nuit-là, ce n'est pas le désir d'être dans les bras d'Erwan qui m'a fait me tourner et me retourner dans mon lit, mais la peur de les avoir stupidement perdus l'un et l'autre. L'aube pointait quand je me suis endormie.

Descendue à 8 heures pour prendre mon petit-déjeuner – rien dans l'estomac depuis hier midi –, j'ai trouvé la porte de la chambre de Morgane grande ouverte, housse de couette et taies d'oreiller soigneusement pliées sur le lit. Le bouquet de genêts – cadeau de Solène – lançant pour rien ses reflets jaune or. Morgane partie sans me laisser un mot.

Je l'ai détestée.

J'ai avalé mon café, grignoté une tartine, puis, sur la table de la cuisine où elle aimait à travailler, affirmant que, dans une maison, c'était la pièce la plus vivante, la plus chargée d'odeurs, de chaleur et de souvenirs d'enfance, j'ai ouvert le dossier « Pirate » et feuilleté les nombreux croquis en noir et blanc où je projetais d'ajouter bientôt mes couleurs : celles de la vie, celles de mon cœur. J'y ai trouvé également quelques ébauches du visage de notre héros auquel mon amie – lorsqu'elle l'était encore – aurait voulu donner les traits d'Erwan. Et j'ai terminé par les dessins de la crique où, ironie du sort, celui-ci m'avait demandé de lui offrir l'un de mes dessins. Ce jour où tout avait commencé.

D'un coup, la révolte m'a emplie. Non ! Pas question d'abandonner ce projet. Et d'ailleurs n'était-il pas le mien ? N'était-ce pas moi qui, un beau jour, avais proposé à Morgane d'écrire l'histoire d'un pirate au grand cœur qui se situerait sur mon île ? Libre à moi, si elle me lâchait, de le proposer à un autre éditeur qui s'adresserait à un scénariste de son choix.

En étais-je vraiment là ? Trahison pour trahison ?

Je me suis détestée.

J'ai refermé le dossier, je me suis habillée en vitesse et j'ai quitté la maison. Mai. Le temps était beau, trop beau : une offense. Du neuf partout, dans le sol aride, des fleurs quand même, des sourires malgré tout. Mai, saison des fruits de la Passion et de la fête des Mères.

Autrefois, à l'époque où maman venait encore à Ouessant et où je ne cessais de me mentir à moi-même, je me donnais un mal de chien pour arracher à la terre suffisamment de fleurettes afin d'en faire un bouquet que je noyais dans du papier glacé pour lui donner du volume. Lorsque je l'offrais à maman, mon cœur battait d'espoir.

– Ah oui, c'est vrai, il paraît que c'est ma fête aujourd'hui, constatait-elle négligemment en le prenant.

Un bisou sur le front et c'était fini. Pour l'élan de tendresse, les paroles d'amour, il me faudrait attendre l'année prochaine.

Et, malgré tout le temps passé, j'ai entendu la petite fille pleurer dans ma poitrine.

Mes pas m'ont portée jusqu'au phare où, l'avant-veille, j'étais venue avec Erwan. Je m'en suis approchée le plus près possible. Comme la mer était belle ! Comme la vie aurait pu l'être. J'ai à nouveau appuyé ma main sur sa pierre et j'ai senti le battement de son cœur. Cette fois, je lui ai ordonné : « Sauve-moi. »

– 15 –

– Astrid, je vous attendais.

Tout près de « L'Albatros », Erwan vient de surgir. Je trébuche. Il saisit mon bras, m'aide à me redresser :

– Je vous ai fait peur ? Pardonnez-moi.

Je ne réponds pas, incapable de prononcer un mot. Est-ce pour me parler de Morgane qu'il est là ? Son sourire détaché m'affirme que non.

– Je suis venu tenir une très ancienne promesse, reprend-il. Vous montrer l'endroit où j'ai accroché votre dessin. D'accord ?

– Pour… pourquoi pas ?

Là, c'est ma voix qui a trébuché. L'a-t-il remarqué ?

Nous marchons vers le manoir. Ce déchirement dans ma poitrine, c'est le bonheur. Un bonheur trop soudain, trop fort, prêt à m'exploser au cœur. Et nous voici devant l'important porche sculpté que j'ai rêvé tant de fois de franchir. Il pousse l'un des battants, s'efface pour me laisser passer.

Jamais je n'aurais imaginé la cour si vaste, le manoir si important. On dirait plutôt un château. Non loin de la fine tourelle qui veille sur mes nuits, s'élève un lourd donjon pourvu d'étroites fenêtres: «Anne, ma sœur Anne...» De part et d'autre de la volée de marches, de paisibles lions de pierre montent la garde. Dans de hauts pots de terre cuite, s'épanouissent des arbres aux différents feuillages.

À couper le souffle.

– C'est là, venez.

Erwan me guide vers une coquette maison à droite du porche: murs clairs, toit d'ardoise. Il pousse la porte. Nous entrons.

– Mon refuge quand j'étais gamin, m'apprend-il. J'y venais lorsque j'avais besoin de calme, d'un peu de douceur surtout. Tout y était simple, sans emphase, comment dire? «À hauteur d'enfant». Un couple de gardiens y vivait, qui regrettait de ne pas en avoir et m'avait adopté.

Dans la pièce tapissée de papier jauni à fleurettes, une horloge de parquet martèle le temps de son balancier doré. Devant la cheminée, un canapé et une petite chaise paillée sur laquelle je peux imaginer Erwan garçonnet, surveillant le feu. Plus loin, un coffre de pirate à épaisse serrure.

Il désigne le mur à gauche de la cheminée.

– Voilà. Vous êtes là.

Parmi une profusion de photos, encadré d'une simple baguette bleu foncé, mon dessin. Je reconnais sans mal la plage au soleil levant, le couple vu de dos, admirant le paysage. J'avais oublié que l'étoile de mer avait tant d'importance, de brillance; comme un message?

Les photos qui l'entourent sont pour la plupart des photos de famille dont certaines très anciennes, émouvantes avec leur bordure de dentelle et le parfum fané qui s'en dégage. On y voit des personnages à la posture raide, figée. Des hommes à barbe blanche dans des costumes sombres, décoration à la boutonnière. Des femmes en longues robes noires, éclairées par des bijoux un peu lourds, à moins qu'il ne s'agisse d'un collier de perles. Des fillettes en robes brodées, des garçons en culottes courtes.

Le doigt d'Erwan effleure une photo moins ancienne :

– Mes parents.

Lui est en tenue de sport, visage fier, menton haut. Sa main est posée sur l'épaule d'une jolie femme en tailleur, l'air fragile, un sourire tremblant au bord des lèvres.

– Je peux savoir leurs prénoms ?

– Mon père s'appelait Erwan, comme tous les aînés dans la famille. Ma mère, Tiphaine, en grec « lumineuse », je trouve que ça lui va bien.

Il a parlé d'elle au présent, avec émotion. Et moi aussi, je suis émue : cette photo de ses parents, tout près de mon dessin, ne signifie-t-elle pas qu'il m'inclut dans sa famille ?

Et ce qu'il ajoute semble le confirmer :

– Si vous saviez, Astrid, combien de fois je me suis assis à vos côtés sur cette plage, regardant se lever le soleil sur l'espoir.

L'espoir ? Je frissonne. Moi qui, il y a un instant, m'interrogeais sur l'amour que me portait Erwan, voilà que d'une certaine façon, il me le confirme. Oui, il m'aime. Erwan de Saint-Hilaire m'aime, j'en ai soudain la certitude. Et après ce qu'il vient de me confier sur lui et sa famille, il est temps de lui en dire davantage sur moi : en lui parlant d'Erik par exemple.

– Erwan, il faut que je vous dise : durant une année, j'ai vécu avec un homme qui voulait fonder une famille avec moi. Je ne l'aimais pas assez pour accepter, alors j'ai rompu.

Dans ses yeux, une sorte de malice.

– Le souci, avec une île, est que tout s'y sait. Surtout lorsqu'elle s'appelle « sentinelle ». Il me semble avoir entendu parler d'un prénommé Erik, c'est ça ?

Et tout a été dit.

Et tout a été bien.

– 16 –

Quittant le mur aux photos, nous sommes allés vers le bureau où s'empilaient des dossiers entre un ordinateur et une calculatrice.

– C'est sur ce bureau, où j'aime à travailler aujourd'hui, que je faisais autrefois mes devoirs et révisais mes leçons sous l'œil attentif des gardiens dont je vous ai parlé, m'a appris Erwan. Et après la mort de ma mère – je n'avais que 6 ans –, j'ai trouvé ici le réconfort et la tendresse dont je manquais au manoir.

Il a désigné le coffre de pirate à grosse serrure :

– Il m'arrivait de m'y cacher pour pleurer.

« On ne pleure pas chez les Saint-Hilaire, j'ai appris très tôt à retenir mes larmes », m'avait-il confié un jour. Ma gorge s'est nouée.

– Mais surtout, n'allez pas imaginer pour autant que mon père ne m'aimait pas, a repris Erwan. Il avait simplement du mal à exprimer ses sentiments. Et toute sa vie était vouée à porter haut l'honneur de la famille et à veiller à ce que notre nom continue d'être respecté de tous.

Cette soudaine tension dans sa voix était-elle due à Enora ? Ce mariage que probablement son père n'aurait pas approuvé ?

– Et que sont devenus les gardiens ? ai-je demandé pour changer de sujet.

– Ils profitent d'une retraite heureuse, dans leur maison à eux, au bourg. Nous nous voyons de temps en temps. Et, pour ma part, je me suis approprié les lieux. Il m'arrive même d'y dormir.

Alors que le manoir doit disposer de belles et spacieuses chambres superbement meublées… J'ai revu le sombre bâtiment, le lourd donjon, et j'ai compris.

– Mais je manque à tous mes devoirs, s'est-il exclamé. Je parle, je parle et je ne vous ai même pas offert à boire.

Il m'a entraînée vers une kitchenette tout au bout de la pièce. Une table, deux chaises, un mini réfrigérateur. Il l'a ouvert.

– Je crains de n'avoir pas grand-chose à vous offrir. Un jus de pamplemousse rose vous plairait-il ?

– S'il est rose, sûrement !

Il m'a souri, a sorti la bouteille, rempli deux verres et les a posés sur la table. Nous nous sommes assis.

– Et maintenant, Astrid, j'ai un aveu à vous faire : avant de vous réclamer votre dessin, j'étais venu à plusieurs reprises, en catimini, vous regarder peindre ou dessiner, vous chapardant en quelque sorte un peu de cette vie que vous mettez si bien dans votre œuvre. Et comme à l'époque vous passiez une bonne partie de l'année à Brest, il fallait bien que je vous demande de m'en offrir un pour patienter jusqu'à votre retour.

Une chaleur a envahi mes joues, j'ai tenté de plaisanter.

– Mon Dieu, si j'avais su ça, je serais morte de bonheur. Vous vous rendez compte ? Une vraie histoire de prince charmant.

– Prince auquel il ne faut jamais cesser de croire, a renchéri Erwan. Surtout aujourd'hui où les réseaux sociaux tentent de se faire passer pour lui.

Et là, j'ai ri. Si légère soudain. Libérée ?

– Moi aussi, Erwan, j'ai un aveu à vous faire. Hier, après que Morgane a tenté de forcer votre porte, j'ai été très malheureuse. Je craignais que vous ne m'en vouliez de ne pas l'en avoir empêchée. J'ai décidé de vous appeler et quand je me suis aperçue que je n'avais même pas votre numéro de portable, ça m'a achevée.

– Votre amie est seulement tombée au mauvais moment. Dites-lui que c'est oublié. Quant à mon numéro…

Il s'est levé, est retourné à son bureau, en est revenu avec une carte qu'il m'a tendue.

– Le voici. En échange du vôtre.

La porte s'ouvrant brusquement l'a interrompu, Marthe est apparue. Me découvrant, elle s'est figée.

– Oh pardon, je ne savais pas.

Elle a disparu.

– Pourquoi me déteste-t-elle ?

Ces mots m'étaient venus spontanément, comme une évidence. D'un geste las, Erwan a désigné une fois de plus mon dessin.

– Marthe en connaît l'auteur. Elle est tout simplement jalouse. Après la mort de ma mère, elle a pris le relais et il lui arrive de se sentir des droits sur moi.

La pendule a sonné midi et demi.

– Je suppose qu'elle était venue m'avertir que le déjeuner était prêt. Il arrive que nous le partagions.

– Alors, je vous laisse.

Je me suis levée et j'ai marché vers la porte, attrapant mon sac au passage.

– Attends !

Erwan m'a rejointe. Il s'est emparé de ma main et il m'a menée jusqu'à une chambre proche de la cuisine. Un grand lit, deux tables de nuit, un fouillis de vêtements et une porte-fenêtre ouvrant sur un minuscule jardin lui aussi en fouillis. Près d'un rhododendron aux fleurs cramoisies, cachée sous du lierre, une lourde porte de bois a grincé quand il l'a poussée. Elle donnait sur une ruelle que je n'avais jamais remarquée.

D'une cachette près de la boîte à lettres, il a tiré une clé et me l'a tendue.

– S'il te plaît, reviens vite.

Et durant une seconde il a appuyé ses lèvres sur les miennes.

– 17 –

« S'il te plaît, reviens vite. »

Alors Erwan m'aimait ?

Contre toute attente, toute logique, lui aussi il était tombé amoureux de moi ?

Était-ce ce que me disaient ses regards interrogateurs, comme s'il se demandait par quel miracle cela avait pu arriver ? Ce qu'exprimaient ses gestes tantôt pleins de douceur et tantôt impérieux, comme m'interdisant de lui échapper ? Sa main s'emparant de mon bras, « Viens », et tant d'autres signes que, ce matin encore, marchant sur la plage, je m'interdisais de voir. Pour ne pas souffrir davantage ?

Quittant la maison-refuge d'Erwan, sa clé serrée dans ma main, j'aurais voulu garder, à titre de preuve, la chaleur de deux lèvres un instant appuyées aux miennes.

« Reviens vite. »

Solène passait l'aspirateur dans le salon quand je suis rentrée. Elle l'a arrêté du bout de son pied.

– Alors comme ça, madame Morgane est partie ? Sans dire au revoir à personne ?

Dans son « personne », elle devait citer tous ceux qui, au village, s'étaient comme elle attachés à mon amie.

– Sa famille la réclamait, ai-je menti. Elle a pris la première vedette. Quand je me suis levée, elle n'était plus là.

Le visage de Solène s'est un peu éclairé : si c'était la famille...

– Et elle reviendra bientôt ?

– Je l'espère.

Alors qu'elle s'apprêtait à remettre l'aspirateur en marche, j'ai entendu ma voix comme celle d'une autre.

– Dis-moi, Solène, Marthe, la gouvernante du manoir, qui est-elle exactement ? Je ne la connais presque pas.

Ma question n'a pas paru l'étonner.

– Vous savez, personne ne la connaît vraiment. Elle a toujours travaillé là-haut, alors forcément elle se donne des airs. On dit qu'elle n'est pas commode, faut reconnaître que sa patronne ne l'était pas non plus.

– Enora ?

J'avais prononcé le nom à voix basse, pour ne pas aggraver ma faute. N'avais-je pas honte de fouiller le passé de l'homme que j'aimais ?

Solène a laissé échapper un soupir.

– D'elle, on en sait encore moins. Une beauté, c'est sûr, mais pas comme les autres, c'est sûr aussi.

« Une beauté » ... Tout Ouessant s'accordait sur ce point. L'île « sentinelle » avait rendu son verdict. De la même manière qu'elle avait fait savoir à Erwan le nom d'un certain Erik, soufflé par Morgane ou Solène ?

Je suis passée à la cuisine et me suis servie un grand verre d'eau. Solène m'a suivie.

– Finalement, tout le monde a été soulagé qu'elle parte pour de bon, a-t-elle remarqué. Même si le pauvre monsieur Erwan se retrouve tout seul, la bague au doigt et sans héritier pour perpétuer le nom.

« Mon père avait voué sa vie à porter haut le nom des Saint-Hilaire », venait de mon confier Erwan.

J'ai vidé mon verre et souri à Solène.

– Embrasse Alban de ma part, je te tiens au courant pour Morgane.

– Mais vous ne déjeunez pas ?

– C'est fait : un pain au chocolat et un jus de fruits chez Anaïs.

Pas à un mensonge près.

Mon lit était fait. J'ai posé sur la couette la carte et la clé qu'Erwan venait de me donner. Une clé ancienne au lourd anneau et aux trois dents épaisses, impossible à ajouter aux autres sur mon porte-clés. Un signe ?

Comment était-il possible que le problème ne m'ait jamais effleurée ? J'aimais un homme marié, un homme dont je ne pourrais jamais porter le nom, auquel je ne pourrais jamais donner le fils qu'il désirait tant.

Je comprenais mieux à présent les brusques silences d'Erwan, ses absences, ses regards incertains sur moi. Il m'aimait mais sans s'en sentir le droit, à son cœur, à son corps défendant. Et les « moments difficiles » dont il m'avait parlé étaient à l'évidence ceux passés avec la femme « pas comme les autres ».

L'attitude de Marthe à mon égard s'éclairait elle aussi. Marthe, depuis toujours au service de la famille, qui connaissait

Enora, l'aimait sans doute, et que son absence désespérait ? Marthe détentrice de l'honneur des Saint-Hilaire. « Il lui arrive de se sentir des droits sur moi », s'était rebellé Erwan.

J'ai balancé la clé devant mes yeux : une clé d'un autre temps, un temps qui transformait la maison des femmes en prison, et la révolte m'a emplie. Cette époque était révolue, aujourd'hui les maisons s'ouvraient à la vie. Et que Marthe le veuille ou non, qu'Enora revienne ou pas, nous étions libres, Erwan et moi, de nous aimer.

« S'il te plaît, reviens vite » …

Le bonheur m'a empoignée à nouveau.

Sur la carte d'Erwan, figuraient son adresse mail, son numéro de portable et celui de son fixe. J'ai formé solennellement le 06 et lui ai laissé mon numéro, assorti d'un résolu : « Je t'aime. »

Sa réponse est arrivée dans l'instant : « Et moi, tellement ! »

« Le ciel bleu, sur nous peut s'effondrer,
et la terre peut bien s'écrouler.
Peu m'importe si tu m'aimes… »

Piaf.

– 18 –

Week-end de la Pentecôte. Allongée sur un transat dans le jardin ensoleillé, je fais semblant de lire, interrompue à chaque ligne par un ouragan qui, à la fois m'emporte loin et au cœur de moi-même, lorsqu'un mail de Morgane me parvient.

Elle me demande de lui pardonner sa réaction épidermique après que je l'avais envoyée sur les roses à propos d'Erwan – ou comment transformer en fleurs des mots dont je regrette la vulgarité. Elle n'avait pas mesuré mon attachement à celui-ci et espère qu'il ne me tiendra pas rigueur de son attitude. Bref, elle tient à notre amitié et attend avec impatience mon feu vert pour rappliquer. Message terminé par une ribambelle de cœurs. Je ne peux m'empêcher de sourire : Morgane, mon « exagérée », ce pourquoi je l'aime et parfois la déteste.

Je me tourne vers la fenêtre ouverte de sa chambre. Solène a fait le lit sans en changer les draps : sa façon à elle de lui manifester son désir de la voir revenir.

Mais est-ce que je le souhaite vraiment ?

Sûrement pas ! En tout cas, pas maintenant. Maintenant, je n'aspire qu'à une chose : la tranquillité. Que personne, et elle en particulier, ne vienne fourrer le nez dans mes affaires, observer chacun de mes gestes, me bombarder de questions, gâchant mon plaisir, mon bonheur. Et je connais suffisamment mon amie pour savoir qu'il ne lui faudra pas plus d'une journée pour me poser la question essentielle à ses yeux: « Est-ce que vous baisez ? »

Je ne supporte pas ce mot qui ne parle que du corps, de la peau, d'un bref moment de jouissance avec des partenaires interchangeables. Je n'ai aucune envie de m'envoyer en l'air pour me retrouver par terre, en proie à la déception et au dégoût de moi-même, plus seule que jamais.

Contrairement à Morgane qui, avant son « Voisin » de mari collectionnait les aventures, je n'ai, jusque-là, eu que deux expériences, l'une à 17 ans avec un garçon aussi peu expérimenté et maladroit que moi, l'autre avec Erik qui, s'il a réussi à éveiller mon corps, n'a pas pour autant gagné mon cœur. Et bien sûr, je brûle d'envie d'être dans les bras d'Erwan. Encore davantage depuis ses lèvres appuyées aux miennes. Mais, à cette brûlure, se mêle une inquiétude; le plaisir sera-t-il au rendez-vous ?

Je me trompe peut-être mais il me semble que ce plaisir ne peut venir que dans la détente, la confiance, l'abandon. Dans « abandon », il y a « don », le don de soi qui efface tout le reste. En serai-je capable ? Pour me rassurer, je me répète que nous avons toute la vie pour y parvenir.

Qui a écrit que parfois on aime tellement, tellement fort, absolument, que l'on n'éprouve même plus le besoin de faire l'amour ?

J'ai répondu à Morgane que je lui pardonnais. Je tenais moi aussi à son amitié. Mais pour nous revoir, si elle le voulait bien, c'était à mon tour de lui demander un peu de temps. Je l'appellerais dès que je me sentirais prête.

Le comprendrait-elle ?

Ce même après-midi-là, armée de mes pinceaux, je suis retournée à notre « crique du pirate ». Et, pour célébrer l'amitié retrouvée, je l'ai revêtue de ses premières couleurs.

– 19 –

Et puis ce mardi matin, après une nuit agitée en m'imaginant dans les bras d'Erwan, je décide que ce sera aujourd'hui, cet après-midi, au cas où il aurait la drôle d'idée de déjeuner avec Marthe.

Dois-je l'appeler pour lui annoncer ma venue : « Coucou. Rendez-vous à 16 heures dans la chambre au grand lit pour y faire l'amour » ? Ou lui réserver la surprise ? J'opte bien sûr pour la surprise et ne peux m'empêcher de sourire : « Mon cœur, si tu savais... »

Le planning maintenant.

Matinée relax, consacrée au choix de ma tenue de « jeune mariée ». Puis repas léger et courte sieste anticernes, suivie d'un long bain moussant, assorti d'un shampoing-brushing maison.

Quelle coiffure ? Important, la coiffure ! Cheveux dénoués ou en chignon, ce chignon dont Erik assurait qu'il donnait de la noblesse à mes traits. La noblesse convient également au seigneur du manoir : chignon adopté.

Et les ongles. Ne pas oublier les ongles.

Il est 15 h 30 quand je revêts les vêtements préparés. Côté « dessous », rien d'affriolant, c'est vieux jeu. Culotte Petit Bateau, soutien-gorge assorti. Pour le reste : chemisette à manches courtes et jupe pour saluer le printemps. Jambes nues, sandalettes.

Les ongles faits, j'attaque le visage : maquillage léger, plus appuyé sur les cils : « yeux de biche ». Enfin, rayon parfum : deux pschitt d'eau de toilette derrière les oreilles, un sur la nuque.

C'est bon ? « Parfait », approuve le miroir.

Dans mon sac, j'ai mis un mouchoir, un poudrier au cas où, les clés de la maison et celle qu'Erwan m'a donnée, c'est tout. Oui, tout ! Je déteste cette époque où, avant de rencontrer le prince charmant, il est recommandé de se munir d'un préservatif ; ce prince charmant apprécié d'Erwan. Alors, ne lui faisons pas offense : non pour les précautions.

Mais voilà qu'on sonne à la porte, zut ! Solène sans doute. J'ouvre

– Mais comme tu es belle ! s'exclame Erik.

Tandis que je me fige, son regard descend de mon noble chignon à mes yeux de biche, s'attarde un instant sur la sage chemisette et les sandalettes sans façon qui doivent lui indiquer que je n'attends personne. Surmontant mon désarroi, je fais un pas en avant pour éviter qu'il n'entre.

– Qu'est-ce que tu fais là, Erik ?

– J'avais quelques jours de congé à prendre et depuis le temps que tu me vantes ton île, j'ai décidé d'en profiter pour la visiter. Avec ton aide si tu es d'accord.

Mon aide ? Et puis quoi encore ?

– Et tu n'as pas pensé à m'avertir ?

Il lève les mains en signe de reddition.

– J'avais bien trop peur que tu me raccroches au nez…

Ce que j'aurais certainement fait.

Je suis partagée entre colère et déception, oh, mon Erwan! Qu'est devenu mon bonheur d'il y a un instant? Un autre pas résolu en avant me permet de refermer la porte de la maison.

– Il semblerait que je ne sois pas le bienvenu! remarque Erik, souriant.

Je ne réponds pas: ce ton trop léger, cette absence de reproches, ce faux sourire ne me disent rien qui vaille. Il y a un plan dessous. Méfiance. Nous prenons le chemin du portail.

– Tu ne me demandes pas comment je suis venu?

Et je m'avise seulement qu'il n'a aucun bagage: il est arrivé les mains dans les poches de son impeccable ensemble blazer-pantalon de flanelle-souliers de cuir. Mais bien sûr, il est venu en avion! Il lui a suffi d'en emprunter un à sa compagnie. Et l'aérodrome n'est qu'à deux kilomètres de Lampaul, la porte à côté.

– J'ai réservé une suite à *L'Hôtel de la Duchesse Anne*, m'apprend-il. Tu connais forcément. Vue sur la mer et restaurant très étoilé. Je me ferai un plaisir de t'y inviter. J'ai l'intention d'y rester une semaine. N'est-ce pas toi qui m'as dit qu'il fallait au moins ça pour s'imprégner de l'atmosphère?

Erik ici durant huit jours? Interrogeant les îliens, s'informant sur mes fréquentations, furetant partout? Alors que la révolte gronde en moi, je m'efforce de garder mon calme: protester ne ferait que l'ancrer davantage dans sa décision. Et moi je ne dois avoir qu'un seul but désormais: tout mettre en œuvre pour qu'il ne découvre pas l'existence d'Erwan et les sentiments que nous nous portons. N'est-ce pas Erwan lui-même qui m'a recommandé la discrétion?

Nous arrivons au portail, je prends sur moi.

– Veux-tu que nous déjeunions ensemble un de ces jours ? Je t'aiderai à organiser ton séjour.

– Pourquoi ne pas plutôt dîner ce soir ?

– Ce soir, je suis prise.

Et là, il ne peut retenir sa question.

– Prise par « une » ou « un » ?

– Ça ne te regarde pas, Erik.

Et j'ouvre résolument le battant du portail.

C'est alors qu'il pose deux doigts sur mes lèvres avant de les appliquer sur les siennes.

Le salaud ! Il a tout gâché.

– 20 –

Je lui ai tourné le dos et je suis revenue à la maison. Cette femme à la bouche crispée, au regard noir, dans le miroir de l'entrée, c'était moi. J'ai arraché les épingles qui retenaient mon chignon et, mèche après mèche, mes cheveux ont dégringolé sur mes épaules comme une défaite.

L'idée de prendre une douche m'a effleurée. Me laver du regard dégradant d'Erik, de ses doigts possessifs sur mes lèvres, de son impardonnable intrusion. Dans la cuisine, la pendule a sonné la demie de 16 heures. Sans lui, je serais avec Erwan, dans ses bras peut-être.

Et maintenant ?

Allais-je me rendre malgré tout au manoir ou devais-je renoncer, attendre qu'Erik ait dégagé le terrain ? Mais renoncer ne serait-ce pas capituler ? Et ne devais-je pas avertir d'urgence Erwan de la présence hostile de mon ex sur l'île ?

Il y a une vingtaine de minutes, je l'aurais rejoint, animée par l'amour, la passion, c'est guidée par la colère et un désir de vengeance que je me suis introduite dans le jardinet de la maison de gardiens.

Le rhododendron m'a saluée de ses fleurs de sang, la porte-fenêtre de la chambre était ouverte, j'y suis entrée. Le lit était fait, un lit d'autrefois, sans couette, au drap bordé soigneusement sur la couverture de laine. La pièce n'était-elle pas mieux rangée que lorsque je l'avais découverte avec Erwan ? Mieux rangée à mon intention ?

J'ai tendu l'oreille vers le salon. Le silence était total. Et s'il n'était pas là ? Sorti faire une course ? Parti à un rendez-vous ? Voilà que je le souhaitais presque. Je me voyais, étendue sur ce lit, me calmant peu à peu, retrouvant progressivement le bonheur escompté.

Allez, assez rêvé ! J'ai posé mon sac sur la commode et je suis passée dans la pièce aux photos.

Assis à son bureau, Erwan écrivait.

– C'est moi, ai-je prononcé à mi-voix.

En deux enjambées, il a été là, le visage anxieux.

– Astrid, que se passe-t-il ? Dis-moi.

– Erik vient de débarquer à la maison. Il a l'intention de rester toute la semaine à Ouessant.

Et là, je ne sais ce qui m'a pris mais je me suis retrouvée contre Erwan, cherchant ses lèvres, bien décidée cette fois à l'embrasser vraiment.

– Pas comme ça ! m'a-t-il arrêtée.

Il m'a détachée de lui avec douceur et m'a menée jusqu'au canapé où nous nous sommes assis. Il a pris dans les siennes mes mains aux ongles manucurés pour lui.

– Maintenant vas-y, mon cœur, raconte.

Le « mon » cœur a ouvert les vannes. Je lui ai raconté comment, alors que je m'apprêtais à venir chez lui, Erik m'avait surprise. Mes reproches, la peur qu'il ne découvre son existence et la place qu'il tenait dans ma vie. Et, pour finir, le déjeuner que je lui avais proposé de partager avec moi. Bref, ma lâcheté.

– Quelle lâcheté ? a-t-il protesté. Tu as agi comme il le fallait.

Un intense sentiment de soulagement m'a parcourue.

– C'est qu'il serait bien capable de te provoquer en duel, ai-je tenté de plaisanter, mais c'est tombé complètement à plat.

Durant un long moment, Erwan a gardé le silence. Il m'a semblé percevoir comme une lutte en lui. Il s'est décidé.

– Il est temps que je te parle d'Enora.

Ils s'étaient rencontrés trois années auparavant chez des amis communs à Brest où elle vivait avec sa famille. Elle était belle, passionnée de musique. Il venait de perdre son père et se sentait seul. Il s'était laissé séduire.

Pour comprendre très vite qu'il avait tout faux. Possessive, jalouse à l'extrême, sujette à de brusques changements d'humeur, Enora était invivable. Mais lorsqu'il lui avait fait part de sa décision de mettre fin à leur liaison, elle lui avait annoncé qu'elle était enceinte et entendait garder le bébé. Chez les Saint-Hilaire, on prenait ses responsabilités. Erwan l'avait épousée, dans l'intimité, à Brest. Avant de revenir à Ouessant.

Son visage s'est durci.

– Quelques semaines plus tard, elle a bien été obligée de m'avouer qu'elle m'avait menti : elle n'attendait pas d'enfant. Elle l'avait prétendu pour me garder.

Il a laissé échapper un gros soupir.

– Et peu après, ses parents, Maxime et Inès de Graves – des « gens bien », comme on dit –, m'apprenaient, eux, que leur fille était atteinte de stérilité. D'après les nombreux spécialistes qu'Enora avait consultés, il s'agissait d'une affaire de psychisme, des règles pratiquement inexistantes, et ce depuis l'adolescence. Une psychothérapie n'y avait rien changé.

– Mais c'est dégueulasse de t'avoir caché quelque chose d'aussi important, me suis-je indignée. Et parlons-en de tes « gens bien », qui attendent que tu sois marié pour t'avertir ! Pourquoi n'as-tu pas divorcé ? Tu avais toutes les bonnes raisons pour ça !

Il a eu un rire triste.

– Sauf une : dans ma famille très catholique, le mariage est sacré, le divorce exclu. Ma seule consolation, c'est que mon père, qui aurait désapprouvé cette union, n'était plus là pour en souffrir.

Il s'est penché sur moi :

– Pardonne-moi de ne pas t'en avoir parlé avant. Si tu m'en veux, je comprendrai.

Je lui ai répondu que je l'aimais du fond du cœur et pour toujours. Je lui ai promis de ne lui cacher rien, jamais. Alors, il s'est levé, il a pris ma main et il m'a emmenée dans la chambre au grand lit.

– 21 –

Il tire le voilage sur le rhododendron en feu, le soleil glorieux. Puis, debout, il ouvre un à un les boutons de ma chemisette, s'attardant ici et là entre deux boutonnières, agissant de même avec ma jupe, tandis que j'envoie valdinguer mes sandales comme on fait avant de courir vers la mer, s'y jeter.

Alors qu'à mon tour je l'aide à se dévêtir : t-shirt, jean, d'un geste impatient, il écarte ma main, ouvre le drap et m'entraîne sur le lit.

J'ignorais qu'un baiser pouvait être cette longue, lente, exploration, avec des allers, des retours et des pauses insupportables. Moi qui prônais la détente, l'abandon, je ne suis plus qu'impatience, attente brûlante. Et quand sa bouche descend sur mes seins, en prend possession, s'attarde sur les aréoles dressées, je ne sais plus que dire oui.

Il ne cesse de répéter « Attends, attends », comme pour retarder le moment où nous sombrerons ensemble. Est-ce moi qui implore ? Est-ce lui qui refuse de me faire grâce ? L'amour est-il cette danse sauvage, cet interminable et délicieux supplice dont on voudrait qu'il dure toujours tout en exigeant son immédiat accomplissement ?

Un beau matin, en toute insouciance, vous dessinez un couple assis sur du sable, regardant le soleil se lever sur la mer. Vous ignorez que cette femme portera un jour votre prénom, que cet homme s'appellera Erwan et que ces quelques traits, jetés innocemment sur du papier, changeront le cours de votre vie.

Dans les bras de mon héros, j'étais à la fois la femme libre et la petite fille en mal de mère. Dans mes bras, Erwan était l'homme accompli et l'enfant meurtri. Et nous voguions ensemble vers la Terre promise enfin trouvée.

J'ignorais que l'on peut laisser monter le flot jusqu'à la crête du plaisir et l'arrêter pour mieux mourir ensemble. Que l'on peut à la fois désirer l'accalmie et le naufrage. Et nous avons chaviré ensemble, une étoile de mer pour témoin.

– 22 –

Il me semblait vivre hors du temps, hors d'atteinte, préservée, privilégiée. Que m'importait la présence d'Erik à Ouessant, celle d'un tout petit monsieur qui se prenait pour un roi et s'imaginait avoir du pouvoir sur moi ? Le roi, c'était Erwan. Ou plutôt le prince. Et tant que nous nous aimerions si fort, si bien, si totalement, rien ne pourrait nous arriver.

Au pays des chimères ?

Quelques jours ont passé durant lesquels aucune tempête ne nous a même effleurés. Sans doute m'étais-je inquiétée à tort.

Cet après-midi-là, alors que je suis dans ses bras, on sonne à la porte. Erwan saute du lit, se rhabille en vitesse, pose un doigt sur ses lèvres : « Chut » et quitte la pièce.

Marthe ? D'après lui, elle sait que nous sommes amants et, désormais, elle a interdiction de mettre le pied dans la maison ; Marthe qui a maintenant de bonnes raisons de me détester. N'ai-je pas pris la place de la disparue ?

– Rodrigue, toi ?

L'exclamation d'Erwan dans le salon me détrompe : son visiteur est l'adjudant-chef de la gendarmerie. Quelle idée ont eu ses parents de lui infliger un tel prénom ? Si au moins il était grand, beau, séduisant ! Ses cent soixante-dix centimètres, sa grosse bedaine et ses moustaches épaisses valent au malheureux d'innombrables plaisanteries. Quand bien même elles sont, pour la plupart, mêlées d'affection.

Je ne peux m'empêcher de tendre l'oreille et, à plusieurs reprises, le nom d'Enora, la femme d'Erwan, revient. Du nouveau sur sa disparition ?

La discrétion me dictant de rentrer chez moi, je me lève et commence à me rhabiller lorsque Erwan revient déjà.

– Tu t'en vas ?

– Je pensais que, peut-être, tu préférerais être seul.

Il s'assoit sur le bord du lit et me fait signe de le rejoindre.

– C'était Rodrigue, annonce-t-il d'une voix sombre. Tu le connais, bien sûr.

– Comme tout le monde à Ouessant.

– Les parents d'Enora s'impatientent. Surtout sa mère, Inès. Elle refuse de croire à l'hypothèse d'un accident ou d'un suicide. Sa fille nageait très bien et, d'après elle, ses ennuis de santé ne l'empêchaient pas de « croquer la vie à belles dents » – ses mots. Bref, Inès est convaincue qu'elle se cache quelque part à Brest ou aux environs où elle a conservé de bons amis. Rodrigue est venu m'avertir qu'elle demandait que l'enquête reparte de zéro.

Il pousse un gros soupir :

– Ce seront à nouveau les mêmes questions : « Durant les derniers temps précédant sa disparition, n'avais-je pas remarqué un changement de comportement, une attitude différente de sa part, qui aurait pu laisser présager qu'elle mijotait quelque chose ? Et le jour où, comment était-elle habillée ? Portait-elle ses bijoux ? Lesquels ? » Il est vrai qu'Enora était extrêmement coquette et sortait rarement sans en arborer quelques-uns.

Erwan a parlé d'une voix lasse, désolée. Dire qu'il y a un instant il me semblait que notre amour nous mettait à l'abri de tout. Je l'entoure de mes bras.

– Erwan, mon chéri, je sais combien tout cela est douloureux pour toi. Comment puis-je t'aider ?

Il s'est redressé et il m'a regardée intensément. Je l'ai senti sur le point de me dire quelque chose d'important. Se libérer d'un poids trop lourd ?

– Oui, s'il te plaît, dis-moi.

Ai-je eu tort d'insister ? D'un coup, son regard est redevenu neutre.

– C'est en continuant à m'aimer malgré tout que tu m'aideras le mieux, a-t-il conclu.

« Malgré tout » ? Malgré quoi ?

Erwan, que me caches-tu ?

– 23 –

J'ai appelé Morgane et je lui ai demandé de revenir le plus vite possible : je lui expliquerais. « Demain ? » a-t-elle proposé. OK pour demain, de préférence le matin.

– Par la première vedette si je comprends bien, a-t-elle précisé en riant.

– Même en « avant-première » …

Mais, contrairement à elle, je ne suis pas parvenue à rire : trop de choses à lui révéler, trop de brouillard dans ma tête. Était-ce pour m'aider à le dissiper que je souhaitais sa présence ? Ce brouillard dont j'étais la proie depuis la visite de Rodrigue et les propos d'Erwan sur la disparition d'Enora ?

Quoi qu'il en soit, ma « curieuse » aurait largement de quoi se mettre sous la dent : mon amour réciproque avec Erwan, la mystérieuse Enora, sans compter, bien sûr, la présence d'Erik, capable du pire, s'il apprenait que j'aimais ailleurs.

Et, pour me le rappeler, à peine ai-je eu quitté Morgane que son visage apparaissait sur l'écran de mon portable.

Il avait trouvé le restaurant où nous déjeunerions tout à l'heure : le *Ty Korn* sur la place du bourg, dont la carte lui avait plu.

Sa voix avait retrouvé son entrain factice, je me suis efforcée de lui répondre sur le même ton. Bien sûr que je connaissais ce restaurant, mais j'aurais préféré celui de son hôtel, lui aussi excellent et où nous aurions été plus au calme.

– Permets-moi de garder la *Duchesse Anne* pour un souper aux chandelles, si possible avec violons, m'a-t-il répondu de sa voix sirupeuse.

Rendez-vous a été fixé à 13 heures au *Ty Korn*.

Solène traînait dans les parages. Je lui ai annoncé la bonne nouvelle : Morgane serait de retour dès demain. Elle n'a pas caché sa joie.

– Ça va donc mieux chez elle ?

– Apparemment.

Alban, qui nous avait rejointes, semblait gêné. Il s'est éclairci la gorge.

– Si vous avez besoin d'aide, Astrid, n'hésitez pas à faire appel à moi.

Bien sûr, il avait assisté à la tentative d'intrusion d'Erik à la maison.

– Il s'agit de mon ancien compagnon, ai-je répondu sans hésiter. Et, comme tu as pu le constater, il n'a pas un caractère facile. Merci pour ta proposition.

Le temps était radieux et j'ai trouvé Erik attablé à la terrasse du restaurant – ce que j'avais en vain tenté d'éviter. Il s'est levé pour m'accuellir et m'a présenté ma chaise. Je m'étais à peine maquillée et portais ma tenue habituelle : jean, t-shirt, baskets. Cheveux dénoués bien sûr. S'il a été déçu, il n'en a rien montré.

Quant à lui, dans sa chemisette de marque à manches courtes, col largement ouvert sur son torse bronzé, force m'a été de reconnaître qu'il était beau.

Il m'a proposé de prendre l'apéritif et, devant mon refus, a décidé de commander tout de suite le vin qui accompagnerait le repas : du homard servi avec des petits légumes frais poêlés. Cela me convenait-il ? Le plat le plus cher, bien sûr. Le vin itou : une bouteille de meursault.

La commande passée, le vin dans nos verres, ne sachant pas très bien que dire, je lui ai appris l'arrivée de Morgane le lendemain. Il n'a pas pu réprimer un geste d'humeur.

– Était-elle vraiment obligée de venir ? Cela ne pouvait-il attendre ?

– N'oublie pas que nous travaillons ensemble.

– Et elle habitera chez toi ?

– Elle y a sa chambre à l'année, ai-je répondu avec un rien de perfidie.

Erik n'avait jamais aimé Morgane. Son attitude martiale, son franc parler, ses jugements à l'emporte-pièce, la lui faisait classer parmi les « féministes enragées ». Pauvre Morgane qui n'aurait jamais songé à les rejoindre et leur reprochait même une trop grande brutalité envers le sexe faible : les hommes, bien entendu.

Alors que nous attaquions le « cardinal des mers » – Erik avec appétit, moi en chipotant – les gens ne se gênaient pas pour s'approcher, me saluer ou m'embrasser, attendant – espérant ? – être présentés au fringant personnage qui partageait mon déjeuner. À tous, je faisais la même réponse : « un ami de passage ». Mais l'irritation croissante d'Erik ne me réjouissait plus : un sentiment de fatalité avait remplacé ma jubilation.

Comment avais-je pu imaginer une seule seconde que nul ne lui parlerait du manoir et de celui qui l'habitait ? C'était tout simplement impossible. Tous deux faisaient partie de l'île. Et, lors de la soirée de remerciement offerte par Morgane, un bon nombre de convives avaient dû me voir quitter la place à son bras. Tôt ou tard, Erik entendrait parler de lui, de nous. Et tandis que se déroulait le repas, le fameux refrain des Marins d'Iroise tournait dans ma tête : « Roses d'Ouessant, roses couleur de sang ».

– Quand ton amie sera arrivée, peut-être m'accorderas-tu la permission de venir chez toi ? Sans crainte d'être violée, a ironisé rudement Erik.

A-t-il pris mon silence pour un acquiescement, je me poserais la question plus tard. Trop tard ?

Le café bu, il m'a demandé de bien vouloir l'accompagner au phare du Stiff dont on lui avait vanté la beauté à son hôtel : *la* balade à faire. Et après avoir vidé à lui seul les trois quarts du vin, il éprouvait le besoin de marcher.

Sur le chemin qui nous y menait, le ciel s'est brusquement assombri et le vent s'est levé comme pour se mettre au diapason de la situation. Le cri des mouettes ricochait sur l'eau tel un avertissement. Et, lorsque, arrivés au but, j'ai appuyé ma paume sur la pierre du phare, je n'ai pas éprouvé le besoin de lui parler. Il savait.

– 24 –

Comme promis, Morgane était dans la première vedette en provenance de Brest. Elle a débarqué sac à l'épaule, regard gourmand et un monumental « ALORS ? » au bord des lèvres.

Nous nous sommes embrassées, puis, souhaitant être tranquille pour lui parler, je l'ai entraînée directement sur notre crique : celle du « pirate au grand cœur », où quelques jours auparavant j'étais venue ajouter des couleurs à mes croquis pour saluer notre amitié retrouvée.

– Mystère, mystère… a-t-elle soufflé en roulant des yeux, et j'ai acquiescé sur le même mode.

Nous avons descendu le sentier et nous sommes assises côte à côte sur un bout de rocher comme tant et tant de fois. Le soleil était de la partie, un bruyant ballet de mouettes accompagnait les bateaux de pêche tandis que la mer fredonnait à mi-voix. Comment se faisait-il que, depuis mon arrivée sur l'île, je ne me sois baignée que deux ou trois fois ? Je me suis promis d'y entraîner Morgane.

Je lui ai balancé que j'aimais Erwan de Saint-Hilaire et qu'il me le rendait. Espérant clore une fois pour toutes le sujet, j'ai ajouté que je lui avais succombé.

Son éclat de rire a fait s'envoler les mouettes :

– « Succomber », quand te décideras-tu à parler comme tout le monde ?

– Jamais ! La vie serait trop ennuyeuse.

Je lui ai expliqué l'attachement qu'Erwan portait à son père et son engagement vis-à-vis de lui à défendre l'honneur de la famille et à porter haut son nom. Et alors que je m'attendais à une volée de bois vert, une salve de critiques contre des principes et des valeurs d'un autre temps, rien n'est venu.

Avec Morgane, on peut s'attendre à tout, même au respect.

Une vieille femme vêtue de noir, accompagnée d'une ado, short au ras des fesses, portant un gros couffin d'osier, ont descendu à leur tour le sentier, la petite soutenant sa grand-mère. Elles nous ont saluées au passage puis se sont livrées à la récolte des algues. On en trouve de toutes sortes sur nos plages. Leurs vertus revitalisantes sont connues et, quand on ne les consomme pas, on s'en sert comme produit de beauté.

J'ai raconté à Morgane le mariage d'Erwan avec Enora et la disparition de celle-ci depuis Noël dernier. Bien sûr, le sujet l'a captivée et elle m'a bombardée de questions auxquelles j'ai très vite mis fin en lui parlant d'Erik. Et là, je ne lui ai rien caché : son atterrissage à l'aérodrome d'Ouessant, sa suite luxueuse à la *Duchesse Anne*, son intention d'y rester au moins une semaine, son comportement hypocrite vis-à-vis de moi et ses tentatives pour s'introduire dans ma maison. Elle a levé les yeux au ciel.

– L'illustre roi de Suède… auquel toutes « succombent » sauf toi…

– En ce qui me concerne, je m'en fiche. Mais Erwan m'a demandé d'être discrète à notre sujet et, à aucun prix, Erik ne doit se douter de mes sentiments pour lui.

– C'est noté, a brièvement acquiescé Morgane, cette fois sérieuse.

Nous avons gardé le silence un moment, les yeux sur nos compagnes de plage et leur panier déjà à moitié plein d'algues vertes et jaunes. Il fallait voir l'énergie que déployait la grand-mère ! Je me suis souvenue qu'autrefois on appelait Ouessant : « l'île aux femmes », celles-ci assumant toutes les tâches durant les longues absences de leurs marins de maris.

Et bien sûr, Morgane a adoré.

– Et qu'attends-tu exactement de la femme ici présente ?

– Qu'elle fasse déguerpir Erik le plus vite possible et par n'importe quel moyen.

– N'importe lequel, vraiment ?

– Carte blanche.

Elle a consulté sa montre : 10 h 30.

– Alors, qu'est-ce qu'on attend ?

Nous nous sommes levées. Au passage, j'ai salué les glaneuses d'algues. Je savais que lorsque j'évoquerais cette matinée, ce serait elles que je verrais, leurs gestes lents, appliqués, éternels.

Nous avons pris le chemin de « L'Albatros. »

– 25 –

Alors que nous arrivons en vue de la maison, mon cœur bondit en même temps qu'un rire me tord le ventre : Erik est là, la main sur le portail.

– Ne dirait-on pas que voilà l'objet de notre conversation ? ironise Morgane sans ralentir le pas.

– Ce culot !

– Cet « à-propos » plutôt.

Erik s'est retourné, il nous fait face. Morgane lui tend la main avec un grand sourire :

– Admirez la coïncidence, nous parlions justement de vous.

Erik ignore la main.

– Il se trouve qu'Astrid m'a laissé espérer que quand vous seriez là, elle me ferait la grâce de m'ouvrir sa porte.

– La « grâce », c'est trop beau ! Je vous en prie, messire, s'incline Morgane en poussant le battant du portail et s'engageant dans l'allée qui mène à la maison.

Erwan lui emboîte le pas. Je m'interdis de râler. N'ai-je pas donné carte blanche à mon amie pour agir comme elle l'entendait ? Onze heures sonnent au clocher de l'église Saint-Paul-Aurélien.

Le voilage de la fenêtre de mes gardiens-amis est tiré. Parions qu'ils ne sont pas loin. Au cas où ?

Je sors ma clé et l'introduis dans la serrure. Il n'y a pas si longtemps, je laissais la porte ouverte, même la nuit. L'île est si tranquille, les vols y sont si rares que les gendarmes n'y viennent que par intermittence.

– Entrez et faites comme chez vous, lance cette fois Morgane à Erik en s'effaçant pour le laisser passer.

Et là, je la déteste, tout en continuant à l'aimer. L'apanage des vieux couples ?

Elle file dans sa chambre, jette blouson et sac sur son lit, ouvre la penderie où tout un stock de vêtements de mer l'attend. Je me demande ce que pense de son assiduité chez moi son prof de mari. Parions qu'il attend avec impatience les grandes vacances où ils partiront, comme chaque année, à la montagne pour se changer de « la grande bleue ».

L'œil aux aguets, Erik tournicote dans le salon. À la recherche d'une photo, un objet, un indice qui lui parlerait de ma vie personnelle ? Son regard s'attarde sur l'escalier. S'il savait qu'en haut de ces quelques marches, à l'honneur sur la commode, trône une vilaine clé grise à trois dents épaisses : la clé du paradis.

– Apéritif ! lance Morgane en quittant sa chambre et fonçant à la cuisine.

Onze heures : un peu tôt pour l'alcool, non ? Mais déjà, elle pioche une bouteille de vin blanc dans le réfrigérateur tandis que, résignée, je m'apprête à verser le sirop de mûre local dans les verres ballon.

Lorsque chacun a le sien, elle m'adresse un clin d'œil malicieux. Elle n'a pas l'intention de trinquer quand même ! Trinquer à qui ? À quoi ? C'est le moment que choisit mon portable pour sonner : le nom d'Erwan apparaît.

Affichant le plus grand calme, je quitte la maison, sors dans le jardin, m'éloigne le plus possible de mes hôtes. Je suis en nage.

– Mon Erwan, c'est toi ? Ça va ?

– Pas vraiment. Te savoir si près sans pouvoir te prendre dans mes bras : un supplice. Aussi je m'apprête à partir pour quelques jours à Brest où du travail m'attend. Et quand je reviendrai, j'espère que l'animal aura déguerpi.

Dois-je l'avertir que Morgane et « l'animal » sont à la maison ? À quoi bon, il partirait inquiet. Je me contente de lui répondre que je l'aime et lui promets, en punition de sa fuite, des retrouvailles sanglantes.

– J'ai hâte, répond-il en riant.

Et moi donc !

Un jour, à Brest, alors que je travaillais aux Beaux-Arts, une exposition avait eu lieu sur les « repentirs » des peintres. Un repentir est une correction apportée par l'artiste à sa toile. Il cache sous une couche plus ou moins importante de peinture l'endroit à rectifier. Un peu comme l'écrivain raie une phrase qui ne lui plaît pas pour la remplacer par des mots qui lui conviennent mieux.

Les plus grands peintres y ont eu recours, à l'instar de Rembrandt, le génial inventeur du clair-obscur. Ainsi, ceux qui aujourd'hui procèdent au nettoyage minutieux de tableaux anciens ont-ils parfois le privilège, avec un « repentir », de découvrir l'âme du créateur.

Et je pensais à eux, à la recherche de l'authentique, tandis que je revenais au salon d'une démarche tranquille, le visage serein, un sourire détaché aux lèvres, alors que l'allégresse faisait exploser mon cœur.

– 26 –

Il arrive que le ciel nous adresse des avertissements qu'en général nous préférons ignorer car ils sont bien souvent annonciateurs de tempêtes. Même si le coup de foudre et ses « orages désirés » en fait partie.

Cet après-midi de mai, lorsque excédée par l'agressivité croissante d'Erik à mon égard et l'envahissante Morgane, je me suis réfugiée dans la maison d'Erwan, j'ignorais que ce serait pour moi que retentirait l'alarme.

C'était la première fois que je me trouvais seule chez l'homme que j'aimais, libre d'y flâner à ma guise, de prendre mon temps, de savourer chaque instant sans, pour autant, me sentir indiscrète ; ne nous étions pas promis de n'avoir aucun secret l'un pour l'autre ?

J'ai introduit la clé du paradis dans la serrure de la porte secrète, souri au rhododendron, traversé sans m'y arrêter la chambre des délices, remettant à plus tard le moment de m'étendre sur le grand lit et d'évoquer des souvenirs tendres et passionnés, et je suis allée me planter devant le mur aux photos, bien décidée à regarder chacune tout le temps qu'il faudrait afin que rien ne m'échappe.

À la vérité, c'est Enora que j'espérais y trouver. Enora dont Erwan m'avait parlé avec tant de douleur à la suite de la visite de Rodrigue et dont je brûlais de connaître le visage. Qui sait si je ne le découvrirais pas ici, parmi la cinquantaine de clichés représentant pour la plupart des personnes inconnues de moi ?

Pendant combien de temps ai-je scruté chaque photo, chaque visage, à la recherche d'une belle, très belle jeune femme, qui sait entre ses parents : Maxime et Inès de Graves ? Aucune ne paraissait convenir à la description qui m'en avait été faite, et c'était comme si Erwan avait voulu effacer tout un pan de sa vie.

Quittant le mur, je suis allée vers le bureau où il travaillait. Celui où, enfant, il faisait ses devoirs et apprenait ses leçons. Je m'y suis assise et, du bout du doigt, j'ai feuilleté un dossier au hasard. Quel travail l'avait-il attiré sur le continent ?

C'était à Brest que se géraient la plupart des affaires de l'île, dont l'élevage des moutons noirs sur des terres lui appartenant, louées à prix modique à de jeunes paysans. À Brest aussi que se trouvaient banques et hôpitaux et où Erwan devait compter de nombreux amis qui l'aideraient, comme il me l'avait avoué, à faire passer plus vite le temps qui nous séparait.

Soudain, à l'extérieur, il m'a semblé entendre de la musique, une voix féminine interprétant un air d'opéra. J'ai couru à la porte principale, celle par laquelle j'étais entrée ici pour la première fois. À mon étonnement, elle n'était pas fermée à clé, je l'ai poussée, le cœur battant. Et si je me retrouvais nez à nez avec Marthe ?

Avais-je rêvé ? Un silence total régnait dans la cour. Je retrouvais la fine tourelle, le lourd donjon, l'élégant escalier de pierre gardé par deux lions. Sur le sol, un mouchoir blanc voletait, agité par le vent. Je suis allée le ramasser et, instinctivement, l'ai respiré. Un parfum s'en dégageait qu'il m'a semblé reconnaître. Et alors que j'aurais pu, j'aurais dû ? le poser sur un muret ou un rebord de fenêtre, je l'ai empoché avant de vite refermer la porte de la maison sur moi comme une voleuse.

Non, je n'allais pas laisser un morceau de tissu, fût-il parfumé, me gâcher le meilleur de la visite : la chambre au grand lit. Je l'ai abandonné sur la commode, j'ai ouvert grande la fenêtre, saluée par un bruissement de feuillage du rhododendron, j'ai envoyé valser mes sandalettes, rabattu le drap et me suis étendue. L'odeur d'Erwan imprégnait l'oreiller, j'y ai enfoncé ma tête, ai fermé les yeux et me suis laissé emporter par le souvenir de ses mots d'amour, ses caresses, l'incandescent et vertigineux voyage. C'était si bien. C'était si loin. Je l'aimais tant. Je me suis assoupie.

Rouvrant les yeux, consultant ma montre, j'ai vu qu'il était plus de 18 heures. Vite, rentrer à « L'Albatros » ! Avant que l'on ne s'y interroge sur mon absence. J'ai défroissé mes vêtements puis je suis passée dans la salle de bains pour me rafraichir le visage. Au-dessus du lavabo, se trouvait une armoire-miroir. Pourquoi l'ai-je ouverte ?

Un flacon de parfum : « FEMME », signé du nom d'un grand couturier, s'y trouvait. Je l'ai ouvert et l'ai respiré. C'était la même fragrance que sur le mouchoir trouvé dans la cour, un mouchoir portant la lettre « E », joliment brodée. « E » comme Enora.

J'avais cherché en vain la femme d'Erwan sur les photos affichées au mur. Elle m'attendait dans ce fin carré de batiste blanc, tombé du ciel à mon intention.

– 27 –

Je n'ai rien dit à Morgane de mon passage chez Erwan et de ma découverte. Trop certaine qu'elle en ferait une montagne. En même temps, je m'en suis voulu. Alors qu'elle avait lâché sa famille pour moi et me donnait tout : sa force, ses conseils, son entrain, je lui cachais l'essentiel, bravo !

L'essentiel ? N'exagérons pas. Erwan aurait forcément une explication à la présence du mouchoir d'Enora dans la cour du manoir. Oh oui, vite qu'il revienne et me rassure. Et vite qu'Erik décampe. Je n'en pouvais plus d'être constamment sur mes gardes, en alerte, en attente du pire : que quelqu'un, volontairement ou non, lui apprenne les sentiments que nous partagions, Erwan et moi.

Juin est là et sa douceur. La mer bruisse comme un feuillet d'argent sur lequel s'inscrirait l'histoire des hommes, dont chacune est unique et qui toutes se ressemblent.

Ce dimanche matin, je traînasse au lit – devinez en pensant à qui ? – en écoutant de la musique plein pot, quand Morgane ouvre brusquement la porte et se plante au pied de mon lit.

– Mais qu'est-ce que tu fous ? Voilà cent fois que je t'appelle et tu ne réponds pas. Ton ex est là, venu te faire ses adieux. Descends !

Erik dégage ? Enfin ! Je saute du lit, enfile un peignoir et, pieds nus, sans un regard au miroir, dégringole l'escalier.

... pour retrouver Morgane écumante de rage, brandissant sous le nez de l'adversaire le portable que j'avais laissé sur la table du petit-déjeuner.

– Ce salaud s'apprêtait à l'empocher. Tu lui tournes le dos une seconde et voilà !

Dans le regard du « salaud », une fureur au moins égale à celle de Morgane. Mon cœur s'emballe : aurait-il eu le temps de lire un des nombreux messages d'amour échangés entre Erwan et moi ? Je ne suis pas méfiante et Erik le sait : mon code, c'est 0000...

La réponse ne se fait pas attendre.

– Alors, il s'appelle Erwan ?

Terminés la voix onctueuse, les sourires forcés, la comédie. Pour la première fois depuis son arrivée, Erik affiche son vrai visage : un visage de haine. Je retiens mon souffle tandis que Morgane, consciente de son erreur en le laissant entrer, semble osciller entre colère et confusion.

– Erwan de Saint-Hilaire, continue-t-il. On m'en a parlé à l'hôtel. « Une figure de l'île », rien que ça ! Manoir à deux pas de chez toi, pratique. Tu me le présentes quand ?

Surtout, garder mon calme. Tout faire pour qu'Erik s'en aille quand même.

– Te le présenter ? J'aurais du mal, il est à Brest.

– Et pas près de rentrer ! en rajoute maladroitement Morgane. Cherchant à se racheter ?

– Quelle malchance, vous avouerez, grince Erik. Mais le temps perdu se rattrape toujours ; il suffit de le vouloir. Et compte sur moi, Astrid, pour m'y employer. Ton amant ne perd rien pour attendre.

Sur ce, après m'avoir lancé un regard meurtrier, ignorant Morgane, il me tourne le dos et quitte le salon, me laissant incrédule et atterrée. Ne vient-il pas de se produire ce que je redoutais le plus ? Erik SAIT.

Morgane, qui s'était éloignée son portable à l'oreille, revient.

– Je viens d'avoir la *Duchesse Anne*. Ton ex y a donné son congé ce matin à 9 heures. Il était donc bien passé te faire ses adieux. Et moi, comme une conne, je lui ouvre grande la porte.

Tout en continuant à râler, elle quitte le salon, passe dans l'entrée, attrape son blouson à une patère.

– Je m'assure d'abord qu'il décampe bien. On règle nos comptes après, d'accord ?

Et, sans attendre ma réponse, elle quitte la maison.

Aérodrome d'Ouessant à deux kilomètres. Je la regarde s'éloigner, pédalant à toute vitesse sur le vélo de grand-père. Oh, grand-père, tu me manques.

Je regagne le salon et tombe dans un fauteuil. Erwan, mon Erwan ! Dois-je l'appeler tout de suite pour l'informer de ce qui s'est passé ? Ou attendre son retour et lui en parler de vive voix ? La fameuse règle : « On n'annonce pas les mauvaises nouvelles par téléphone » me revient. Et m'arrange bien. Même si cela ne sera que reculer pour mieux sauter.

Il ne manquerait plus qu'Erik apprenne qu'Erwan a une femme, une femme disparue, une femme recherchée par les gendarmes, Seigneur !

Morgane est revenue une petite heure plus tard. Ça avait été de justesse mais elle avait vu Erik s'envoler. Pas une seconde elle n'avait songé à se cacher et, avant de monter dans l'avion, il lui avait adressé un signe de la main : « Au revoir » ? « À bientôt » ? Qu'est-ce qui l'empêcherait, en effet, de revenir par l'une ou l'autre vedette, très nombreuses en cette saison, et mener tranquillement son enquête ?

Elle m'a demandé pardon. Je lui ai répondu que je ne lui en voulais pas. C'était vrai : trop à penser pour se brouiller. Plutôt que d'appeler Erwan, elle m'a conseillé d'attendre son retour et de tout lui dire, les yeux dans les yeux.

– Rien ne vaut le « direct »... dans les bras de ton tombeur.

J'attendrai donc mon « tombeur ».

Après quoi, je lui ai donné son congé.

Les grandes vacances approchaient et son mari devait l'attendre avec impatience pour préparer leur séjour à la montagne avec leur fils. Inutile de s'en faire pour moi : ça irait ! Et je n'avais pas besoin de baby-sitter pour parler à Erwan.

À peine Morgane a-t-elle hésité, pressée de changer d'air ? Elle m'a seulement fait promettre de l'appeler si quoi que ce soit foirait.

– Je me débrouillerai pour que ce ne soit pas le cas, ai-je crâné.

Cette fois, elle a pris le temps de faire ses adieux à Solène. Celle-ci a tenu à venir avec nous jusqu'à l'embarcadère et, tout au long du chemin ensoleillé, l'été grimaçait autour de ma tête comme une fête loupée.

En plus du mouchoir d'Enora, brodé à son prénom, j'avais omis de parler à ma meilleure amie d'un léger retard dans mes règles.

On ne fait pas offense au prince charmant en employant des préservatifs, n'est-ce pas, Erwan ?

– 28 –

Il me dit, il me crie : « Viens ! » et j'oublie tout pour courir dans ses bras. Un jour, dans ce jardin, je lui avais promis des retrouvailles sanglantes, où je jouerais avec son désir, le ferais languir jusqu'à ce qu'il m'implore afin que soit plus irrésistible encore, plus intolérable l'attente de l'accomplissement, la fusion finale.

Foutaises !

Dès le premier regard, j'ai été toute à lui, emportée par ses mots d'amour, ligotée par ses baisers, à la merci de ses caresses, bienheureusement vaincue. Et c'est moi qui ai supplié et c'est lui qui s'est retenu, jusqu'au moment où, ensemble, nous avons succombé dans un même cri.

Morgane, tu avais raison : « succomber », un mot d'un autre temps, un temps lointain où, comme les personnages figurant sur des photos en noir et blanc placardées sur un mur, on osait marier le mot « amour » avec « toujours » et s'aimer pour l'éternité.

Plus tard – le soir commençait à tomber, le rhododendron se parait des teintes plus douces de la tendresse –, Erwan m'a demandé de tout lui raconter sur Erik et la fée Morgane. Je lui ai décrit leur face-à-face belliqueux, la colère croissante d'Erik ne trouvant rien à me reprocher, jusqu'à hier où elle avait commis l'erreur de le laisser entrer chez moi pour me faire ses adieux et où il m'avait subtilisé un moment mon portable et découvert son nom. Sa colère, ses menaces, sa détermination à le rencontrer.

Mais où était passée la fonceuse, la casse-cou, ta « berlue », grand-père ? Réfugiée au creux de l'épaule d'Erwan, je ne parvenais pas à retenir mes larmes tout en me maudissant. Si aimer était cette peur, peur de parler, peur de perdre, peur du noir après une trop éblouissante lumière, alors non merci !

– Ne pleure pas, mon cœur. Tu n'as pas à t'en vouloir, m'a rassurée Erwan en me serrant plus fort contre lui. C'est Morgane la seule coupable, ta foutue Morgane et ses défis !

Sa voix avait grondé : elle était déjà loin « la fée Morgane », comme il venait de l'appeler.

– Mais imagine qu'Erik revienne. Que, cherchant à te nuire, il colporte partout notre histoire ? Pire, qu'il enquête sur ton passé ?

– Je ferai face, a tranché Erwan.

Lorsqu'un jour, en riant, je lui avais lancé qu'Erik était capable de le provoquer en duel, j'ignorais qu'il était prêt, lui aussi, à manier l'épée. Je l'ai admiré.

Il a voulu me prendre dans ses bras, j'ai résisté. Ne rien lui cacher. Jamais.

– Il y a autre chose, Erwan.

Je lui ai raconté cette fin d'après-midi de spleen où je m'étais réfugiée chez lui. Ma longue halte devant les photos à la recherche d'Enora et mon échec. Puis cette musique, cette voix, le mouchoir trouvé dans la cour avec un « E » brodé. Mouchoir que j'avais laissé ici, dans cette chambre, sur cette commode, et qui n'y était plus.

Tandis que je parlais, son visage s'était peu à peu refermé et quand je me suis tue, il a mis un moment avant de me répondre.

– Mais c'est Marthe, bien sûr ! Ne t'ai-je pas souvent parlé de son attachement à Enora ? Sa fascination pour sa beauté, son talent de musicienne ? Emprunter un mouchoir à sa « patronne » lui ressemble bien. Et tu n'as pas inventé cette musique, cette voix. Marthe encore et toujours, se passant l'un des nombreux CD d'Enora.

Erwan a eu un drôle de rire. Comme s'il tentait de se convaincre lui-même :

– Avec pour seule compagnie un sauvage comme moi, la pauvre doit s'ennuyer ferme.

Sur ce, il a déposé un baiser sur mon front, repoussé le drap, quitté le lit.

– Allez, au diable Marthe ! C'est l'heure du déjeuner et j'ai une surprise pour toi. Rendez-vous à la cuisine.

Il est sorti.

Je suis restée un moment sans bouger, en proie à un sourd malaise. Cette hâte soudaine, cet entrain forcé, cette fuite ? Pour éviter d'autres questions ? Il ne m'avait même pas laissé le temps de lui parler du flacon de parfum trouvé dans son armoire de toilette, le même parfum que sur le mouchoir. Marthe également ?

Et, alors qu'espérant être rassurée, j'avais compté les heures qui me séparaient d'Erwan, j'éprouvais l'insupportable sentiment d'avoir été flouée.

Sur la table de la cuisine, près d'une coupelle de caviar, une bouteille de champagne et deux coupes pleines m'attendaient.

– Tu en as mis du temps pour venir fêter nos retrouvailles, m'a envoyé Erwan gaiement en me tendant ma coupe.

Et, la heurtant à la sienne, il m'a semblé trinquer à la santé du mensonge.

– 29 –

C'était comme si ce qu'Erwan me dissimulait flottait autour de moi ainsi qu'une menace empoisonnée. Se glissait entre l'amour et moi un doute vénéneux et il m'arrivait d'avoir envie de crier : « Pouce, je ne joue plus », comme autrefois avec les copines quand la partie était truquée.

Si je m'enfermais à nouveau dans le silence, au moins j'en connaissais la raison : la peur panique que tout ce que nous avions construit ensemble de beau, parfois de fabuleux, ne s'affaisse tel un château de cartes, un château de sable. Château en Espagne.

Une seule certitude : Enora était à la racine du malaise qui s'était installé entre nous. La belle et maléfique Enora dont l'ombre planait sur le manoir comme dans ces anciens contes aux images tachées de sang.

Juillet est là et les grandes vacances. Les vedettes ne désemplissent pas, toutes les maisons sont ouvertes et leurs volets verts et bleus claquent contre les murs comme des applaudissements. La mer se pare des ailes blanches des voiliers. À terre, des bandes d'enfants vous déboulent dans les pattes au risque de vous renverser. C'est gai !

Ce matin, j'ai décidé de me remettre au travail : un coucou à Morgane qui doit crapahuter en famille sur ses sentiers de randonnée. Je me suis installée avec mon matériel de peintre à la table du jardin sur laquelle le soleil s'amuse avec l'ombre mouvante des fleurs blanches du cornouiller. Un p'tit clin d'œil à la tourelle du Manoir du Cygne et je sors page blanche et fusains.

Bien, bon ! Pour m'attaquer à quoi ?

Si nous avons abondamment planché sur le héros pirate au grand cœur, nous n'avons fait que tracer les grandes lignes de celle qui le lui déroberait : une ravissante sauvageonne, produit brut de l'île.

J'esquisse à larges traits la silhouette de celle-ci lorsqu'une voix masculine m'interrompt.

– Madame, s'il vous plaît ?

Derrière le portail, un inconnu agite les bras. J'abandonne à regret mon fusain et le rejoins : une bonne soixantaine d'années, grand, distingué, cheveux gris, yeux bleus. Et un impeccable nœud de cravate traversé par une épingle dorée. La « vieille France » perdue sur une île sauvage. Adieu, ma « sauvageonne ».

– Pardonnez-moi de vous déranger mais j'ai frappé en vain à la porte de votre voisin, Erwan de Saint-Hilaire. Savez-vous s'il se trouve actuellement sur l'île ?

La voix est angoissée. Est-ce le nœud de cravate trop bien fait qui m'incite à l'indulgence, je commence par rassurer mon visiteur.

– Oui, Erwan est bien ici. Mais c'est l'heure à laquelle il fait le tour de ses terres. Vous attendait-il ?

– À la vérité, non, admet-il piteusement. Je suis venu sur un coup de tête. En plus, j'ai oublié mon portable à Brest. Ma femme n'a pas tort lorsqu'elle me traite de « vieux machin », ajoute-t-il avec humour.

– Voulez-vous que j'appelle Erwan pour lui signaler que vous êtes là ?

– Oh oui, merci, se précipite-t-il. Mon nom est Maxime de Graves. Erwan est mon gendre.

Le père d'Enora ? D'un coup, mon cœur bat plus fort. Je tente de cacher mon trouble.

– Moi, c'est Astrid. Si vous voulez, vous pouvez l'attendre ici, il risque d'en avoir pour un certain temps.

– Avec plaisir, Astrid, merci.

Erwan est sur messagerie. Je lui fais part de la présence de son beau-père chez moi. Nous l'attendons dans le jardin.

Je raccroche et nous prenons place côte à côte à la table. Alors que je m'apprête à refermer mon carton à dessin, il m'arrête.

– Vous dessinez ?

– C'est même mon métier.

– Je peux regarder ?

– Ce ne sont que des esquisses.

– Pour le géomètre que je suis, même une esquisse, si elle dit la vie, est magique.

Dire la vie, n'est-ce pas ce que j'ai toujours tenté de faire ?

J'observe Maxime tandis qu'il tourne soigneusement les pages. Il ne ressemble en rien à l'homme déterminé, résolu, que j'avais imaginé après la visite de Rodrigue et les explications d'Erwan. Son visage est doux, empreint de tristesse. On y lit comme une résignation. Il est vrai que c'est sa femme, Inès, qui a exigé que l'enquête reparte de zéro. Celle qui le traite de « vieux machin » ?

Il referme le dossier, s'éponge le front.

– Merci.

Combien de fois a-t-il prononcé ce mot depuis qu'il est ici ? Je me lève.

– Pardonnez-moi, Maxime, je ne vous ai même pas offert à boire. Qu'est-ce qui vous ferait plaisir ? Un café ? Un jus de fruits ?

– Vous, Astrid, s'il vous plaît, restez !

– 30 –

Dans sa voix, un appel. Une prière ? Cet homme souffre. Et parions que le « vieux machin » n'est guère écouté chez lui. Je reprends place à la table ; il enchaîne aussitôt.

– Vous m'avez dit être une amie d'Erwan, alors peut-être avez-vous rencontré sa femme, ma fille, Enora ?

– Hélas non. Quand je me suis installée à Ouessant, en février dernier, elle n'était déjà plus là.

J'ai évité le mot « disparue », visiblement la cause de sa souffrance. Mais, face à son air déçu, j'ajoute :

– Il paraît qu'elle était très belle.

Et aussitôt je me mords les lèvres : pourquoi ai-je employé le passé ?

Cela ne semble pas le frapper.

– Mieux que ça, renchérit-il. Elle était « habitée ». Par sa passion pour la musique, le chant. Son professeur lui reconnaissait un don et elle se voyait déjà sur scène. Malheureusement, son traitement médicamenteux ne le lui permettrait jamais. Ce que, bien sûr, elle refusait d'accepter.

– Un traitement médicamenteux ?

La question m'a échappé. Pourtant, quoi d'étonnant avec ce qu'Erwan m'a dit du caractère « excessif » de sa femme ? Confirmé par Maxime :

– Notre gendre a dû vous parler de ses sautes d'humeur, ses crises de violence.

– Il m'en a parlé.

– Alors, vous devez également savoir qu'elle n'en était pas entièrement responsable, poursuit-il avec une sorte de révolte. Elle était rongée à l'idée de ne jamais pouvoir être mère. Pardonnez-moi d'entrer dans les détails : des règles plus qu'irrégulières. Nous avons consulté plusieurs spécialistes, tous se sont accordés pour évoquer une histoire de psychisme. Tout dans sa tête, vous imaginez ?

Le ton est au désespoir. Et j'imagine, oui. Mais aussi ce qu'Erwan penserait de ces confidences. Une gamine écoutant aux portes, voilà l'effet que je me fais ! Sûr que ça ne lui plairait pas.

Mon interlocuteur, lui, n'est pas gêné le moins du monde, au contraire. Reconnaissant de mon écoute, il continue.

– Il y a eu ce jour terrible où l'une de ses cousines était venue lui annoncer qu'elle attendait un enfant et lui avait proposé d'en être la marraine. Enora s'est jetée sur elle, en proie à une colère, une douleur folles. Cela aurait pu mal finir, nous avons dû les séparer, c'était affreux.

Il désigne la tourelle du manoir et pousse un soupir à fendre l'âme :

– Bien sûr, lorsqu'elle nous a fait part de son intention d'épouser Erwan, nous aurions dû avertir celui-ci de sa... particularité, mais elle aimait pour la première fois et en était transformée. Nous espérions que le mariage la stabiliserait et, qui sait, lui permettrait d'être mère.

Et comme il prononce ces mots, enfin, enfin, Erwan pousse le battant du portail, nous rejoint à grandes enjambées. Il est essoufflé. A-t-il couru ? Il porte sa tenue de gentleman-farmer : un pantalon de velours, une veste de cuir, des bottes. Un foulard autour du cou. Il m'adresse un sourire et serre vigoureusement la main de son beau-père. Sur son visage s'inscrit comme une détermination et alors que je m'attendais à ce qu'il emmène celui-ci chez lui, il lui demande s'il verrait un inconvénient à ce que j'assiste à leur conversation et le ton de sa voix confirme cette détermination.

– Mais pas du tout, au contraire ! s'emballe Maxime. Astrid et moi avons eu tout le temps de sympathiser.

Nous prenons place à la table. Maxime tire de sa poche un sachet de tissu et en laisse glisser le contenu dans sa paume. Apparaît un médaillon ancien, représentant des notes de musique, suspendu à une chaînette dorée.

– Voici la raison de ma venue. Vous reconnaissez ce bijou, n'est-ce pas ?

– Bien sûr ! Un cadeau d'anniversaire, sous le signe de la musique. Enora le portait souvent. D'où vient-il ?

– Une femme l'a trouvé au pied d'un rocher, caché sous des algues. Elle a eu l'honnêteté de le remettre à la gendarmerie. L'adjudant Rodrigue a bien voulu me le confier pour que je vous le montre. Selon lui, ce médaillon confirmerait l'hypothèse de l'accident ou du suicide.

Ses épaules s'affaissent, son regard appelle à l'aide, je prends sa main et la serre dans la mienne.

– Voyez-vous, Astrid, murmure-t-il, on se remet du départ d'un proche, de la mort d'un être aimé, et même d'une guerre. Mais comment se remettre d'une disparition ? Cet insupportable point d'interrogation ?

Un peu plus tard, après avoir raccompagné Maxime à l'embarcadère, Erwan est revenu vers moi. Je l'attendais. Il s'est assis à mes côtés.

– Il faut que je te dise…

– 31 –

Enora ne s'était pas jetée dans le vide à la pointe du Pern. Elle n'était pas tombée accidentellement de l'éperon rocheux. Elle ne se cachait pas quelque part à Brest, sa ville natale. Elle ne s'était pas réfugiée chez des amis, comme cela lui était arrivé lors de fugues précédentes.

Depuis le jour de sa disparition, alors que l'île se préparait à fêter Noël, Erwan la retenait prisonnière dans le sombre donjon du manoir, sous la garde de Marthe.

Lorsqu'en novembre dernier on avait trouvé sur une grève, non loin de Lampaul, le corps déchiqueté par les rochers de la jeune maman d'un bébé de six mois, Erwan s'était inquiété. Quand, trois semaines plus tard, c'était celui d'une femme enceinte que la mer avait rejeté, au même endroit, il n'avait plus douté. N'était-ce pas tout près de là qu'à plusieurs reprises il avait surpris son épouse errant, hors d'elle, le visage plein de désespoir et de haine ? Pour la ramener au manoir, il avait dû employer la force.

Deux mères innocentes, sacrifiées pour offense à celle qui ne pourrait jamais porter d'enfant.

– J'aurais dû le savoir. J'aurais pu l'en empêcher, s'accuse-t-il.

Quand, l'automne précédent, l'état d'Enora s'étant subitement aggravé, il l'avait emmenée à l'hôpital de La Cavale Blanche de Brest pour consulter le grand patron qui s'occupait de son cas, jugeant son état alarmant, celui-ci avait préconisé un séjour dans son service afin de s'assurer que la malade prenait bien ses médicaments et, éventuellement, envisager un nouveau traitement. Face aux protestations conjuguées de la mère d'Enora et de Marthe, il avait accepté de temporiser.

– Et voilà ! a-t-il conclu.

Voilà ?

L'homme que j'aimais, avec lequel j'avais rêvé de fonder une famille, dont je portais l'enfant, retenait depuis six mois son épouse prisonnière au Manoir du Cygne ?

Voilà ?

Depuis six mois, il m'avait aimée à deux pas du donjon où elle était enfermée, me cachant sa folie meurtrière.

Voilà ?

Comme je l'avais redouté, notre amour s'était construit sur du mensonge. Un mensonge pire que tous ceux que j'aurais pu imaginer.

Voilà tout ?

J'ai entendu ma voix : blanche. Blanche comme le vide, le néant, la mort.

– Et comment Enora subit-elle son enfermement ?

– Nous avons beaucoup augmenté son traitement et Marthe s'assure qu'elle le prend bien. Elle est comme assommée. Je ne pense pas qu'elle souffre. Sans doute a-t-elle oublié ce qu'elle avait fait.

– T'en veut-elle ?

– Me voir ne semble pas lui réussir, alors j'évite. Elle ne supporte que Marthe. Ce qui n'est pas nouveau, a-t-il ajouté.

Près de « L'Albatros », une porte a claqué, me faisant sursauter. Solène partait au marché. Sur la place de Lampaul, les dimanches d'été, avec le soleil, les familles, les touristes, on dit que c'est la tuerie.

J'ai revu Maxime de Graves, assis à cette table, un instant auparavant. J'ai entendu sa voix : « une disparition : cet insupportable point d'interrogation ». Et, de sa femme, Inès, il avait dit : « Elle se refuse à croire à un accident ou à un suicide. »

– Et Maxime, ce malheureux Maxime, qui vient de nous exprimer ses doutes, sa douleur. Et Inès ? Ça te fait quoi de les laisser dans l'incertitude ?

– Je pense à eux chaque jour que Dieu fait.

– À ton père aussi ?

Là, le masque de froideur plaqué sur le visage d'Erwan s'est fissuré, ce masque destiné à me laisser libre de lui tourner le dos, de ne plus l'aimer. Pas le genre à s'attendrir sur eux-mêmes, supplier, se chercher des excuses, se défiler, les Saint-Hilaire. Et l'honneur ?

– Je suppose que c'est à cause de papa que je n'ai pas livré Enora aux gendarmes. Pour préserver le nom qu'il m'avait confié.

« Papa ». Là, c'est la voix qui avait fléchi et, sous le masque, j'ai vu l'enfant dans la tourmente, serrant désespérément la main de son père, craignant de le perdre.

J'ai imaginé le scandale lorsque la vérité éclaterait, la meute des journalistes, la télévision, la curée. Et bien sûr, les deux camps. Celui des îliens qui prendraient haut et fort la défense de leur « seigneur ». Et les autres : les aigris, les jaloux, les « je te l'avais bien dit » qui le saliraient à cœur joie, fouleraient son honneur aux pieds. La colère m'a emplie, le sentiment d'avoir été trompée. Méprisée ?

– Pourquoi ne m'as-tu rien dit, Erwan ? ai-je crié. Tu m'avais promis de ne jamais rien me cacher. Je te faisais confiance.

– Par lâcheté, pour ne pas te perdre, a-t-il grondé sourdement. Parce que ta venue ici, avec ta jeunesse, ton talent, ton enthousiasme, a transformé ma vie. Parce que chaque fois que je te vois, je me sens renaître et que quand tu m'as dit que tu m'aimais, j'ai éprouvé du bonheur, moi qui croyais n'en plus être capable, jamais.

D'un coup, sa voix s'est brisée. Comme une digue qui lâche, de lourds sanglots ont fracassé sa poitrine et mon grand, mon fort, mon tombeur, s'est abattu contre moi.

– 32 –

Je l'ai serré fort sur ma poitrine et je lui ai dit que je l'aimais et que rien ni personne ne pourrait nous séparer, jamais.

Je lui ai promis de me battre avec lui, pour lui, jusqu'à ce que la tempête se soit apaisée, tout danger écarté. Et quiconque lui voudrait du mal aurait affaire à moi.

Quant à cette chienne de vie qui profite de la moindre faiblesse, du moindre faux pas, pour nous envoyer au tapis et se lèche les babines de notre infortune, à nous deux !

Ses sanglots s'étaient tus, peu à peu le visage d'Erwan avait retrouvé son calme, ses épaules s'étaient redressées, l'enfant avait rendu sa place à l'homme. J'étais allée chercher une carafe d'eau et nous avions bu. C'était quand, déjà, le champagne au goût de mensonge et le caviar couleur tromperie ? Peu m'importait : balayés.

Sur la table du jardin, le soleil poursuivait ses arabesques avec l'ombre mouvante du cornouiller. Dans mon carnet à dessin, la sauvageonne m'adressait des pieds de nez. Le gentil Maxime ne tarderait pas à retrouver sa Cruella.

Erwan a repris la parole.

Bien sûr, en ne dénonçant pas Enora pour ses crimes, il n'ignorait pas qu'il en commettait un lui-même. Et, en se taisant pour ne pas salir l'honneur de la famille, comme il l'avait promis à son père, il ne faisait qu'aggraver cette faute : un cycle mortel.

Il m'a serrée contre lui.

– Si tu savais combien de fois j'ai été sur le point de tout te révéler. Pour renoncer au dernier moment : trop peur de te perdre.

Il a eu un rire triste :

– Merci à mon cher beau-père d'avoir débloqué la situation.

C'était en lisant le message où je lui apprenais que Maxime était chez moi qu'il avait décidé de me parler afin de rompre avec le mauvais sort qui, lui semblait-il, s'acharnait contre nous.

Je ne crois pas au mauvais sort, ni à la malédiction, ni à la fatalité. Je crois qu'à l'impitoyable roulette de la vie, qui tantôt nous offre le bon numéro et tantôt nous enfonce, nous pouvons opposer une volonté, un entêtement, un acharnement et finir par l'emporter. Bref : qu'il nous appartient de faire tourner la chance.

Démonstration ?

Alors que j'aurais dû être écrasée par ce qu'Erwan venait de me révéler et craindre des lendemains furieux, voilà que je planais, légère, libérée, dans un paysage débarrassé de ses scories, où j'étais bien, où j'étais deux.

– Et maintenant, on fait quoi ? ai-je lancé.

– Dès demain, je déballe tout à mon avocat avant de me rendre à la justice, a répondu Erwan sans hésiter.

« Son » avocat ? Celui de son père auquel il avait déjà eu recours à plusieurs reprises pour des broutilles : Me Maurice Brisac. Il l'appellerait ce soir pour prendre un rendez-vous d'urgence à Brest où il exerçait.

– Je pourrai t'accompagner ?

– J'y compte bien.

– J'espère qu'il est costaud : c'est du lourd que tu vas lui apporter.

– C'est son boulot : écouter, entendre, aider.

Lorsqu'on est blessé, ou simplement en proie à une forte émotion, une petite veine bat dans votre cou. Les sauveteurs le savent bien, dont le premier geste est de la chercher pour voir si la victime est toujours en vie.

Cette veine battait la chamade dans le cou d'Erwan et j'avais envie d'y poser le doigt pour lui dire que, cette vie, j'entendais la partager. Je me suis contentée de poser mes lèvres sur les siennes pour lui redire que je l'aimais.

Un mot sombre, un mot à barreaux, rôdait autour de nous. Il l'a prononcé en premier.

– La prison, avant toi, je m'en fichais : perdu pour perdu. Depuis toi, je vis dans la terreur d'une séparation.

Sa voix a fléchi. À nouveau, le petit garçon était là, cherchant une main. Je me suis promis de ne jamais l'oublier pour mieux aimer l'homme.

– 33 –

– Il faut que je te parle de Marthe, a-t-il repris.

La gouvernante et son indéfectible attachement à Enora. Marthe qui n'accepterait jamais d'être séparée d'elle. Comment réagirait-elle lorsqu'elle apprendrait l'intention d'Erwan de la livrer, ainsi que lui, à la justice ? Il craignait le pire.

– La justice, il lui faudra bien s'y soumettre.

– Elle fera tout pour s'y soustraire.

– Ne me dis pas qu'elle irait jusqu'à enlever ta femme ? ai-je tenté de plaisanter.

– Elle en serait capable.

Une soudaine appréhension m'a saisie.

– En te rendant à la justice, ne prends-tu pas le risque de dénoncer Marthe comme ta complice ? Après tout, elle aussi s'est tue.

– Si Marthe devait être jugée pour complicité, ce ne serait pas avec moi mais avec Enora.

– Comment ça ?

Il s'est expliqué.

Lorsqu'en automne dernier le grand ponte qui suivait Enora avait proposé de l'hospitaliser pour s'assurer qu'elle prenait bien son traitement, il avait soupçonné Marthe de fermer les yeux quand celle-ci, qui bien sûr niait sa maladie, trichait avec ses nombreux comprimés. Quoi de plus simple que de les cacher dans sa main, ou d'en recracher une partie un peu plus tard ? Marthe se rendant ainsi indirectement complice de la mort des deux jeunes femmes.

J'ai revu le regard jaloux de la gouvernante sur moi et j'ai frissonné : Marthe capable de tout pour satisfaire sa maîtresse ?

Onze heures ont sonné au clocher voisin. À quelle heure déjà m'étais-je installée à cette table, toute guillerette, avec mon carton à dessin et mes fusains ? Neuf ? Dix heures ? J'ai repris le tout et me suis levée. Erwan m'a imitée. Cette fois, c'est moi qui lui ai ordonné : « Viens. » Sans répondre, il m'a suivie.

Le moment était venu de lui révéler le résultat du test que j'avais pratiqué la veille dans le secret de ma salle de bains : test positif. Et, même si je ne doutais pas d'une réaction heureuse, c'était tellement énorme que j'avais la gorge serrée.

Une agréable fraîcheur régnait dans la maison, un silence absolu. Le temps semblait s'y être arrêté. J'ai eu soudain l'impression que quelqu'un me suivait des yeux en retenant son souffle : grand-père ? À moins que ce ne soit ma conscience…

Je me suis arrêtée au bas des quelques marches montant à mon perchoir.

– On y va ?

Je n'y avais encore jamais invité Erwan. Il m'a précédée avec un rire incrédule.

J'avais laissé ma porte ouverte et, arrivé sur le palier, son regard a fait le tour de la chambre. A-t-il remarqué, à l'honneur sur ma commode, la clé grise à grosses dents qu'il m'avait remise en me disant pour la première fois qu'il m'aimait ? Le mauvais cliché pris de lui à son insu un jour où il s'était assoupi après l'amour ?

– C'est joli. C'est toi, s'est-il contenté de dire.

Comme il n'y avait qu'une seule chaise, nous avons été bien obligés de nous asseoir sur le lit. Et comme la matinée avait été éprouvante, très vite nous nous y sommes étendus.

– Erwan, je t'ai caché quelque chose, ai-je commencé.

– Aïe aïe aïe, dois-je m'attendre au pire ?

– Pourquoi pas au meilleur ?

Je lui ai annoncé que j'attendais un enfant de lui. Fille ou garçon, c'était trop tôt pour le savoir, mais mon infaillible instinct me soufflait que ce serait un garçon, un garçon qui, je l'espérais, porterait son nom.

Ses yeux s'étaient agrandis, à nouveau ses lèvres tremblaient. Il n'allait quand même pas se remettre à pleurer !

– Serait-ce une demande en mariage ? m'a-t-il demandé d'une voix altérée.

– À ton avis ?

Alors, il a déboutonné ma chemisette, baissé mon pantalon, dénudé mon ventre. Et, y promenant ses lèvres, c'est au futur petit prince du manoir qu'il a dit oui.

– 34 –

Je me souviens de parties de dames acharnées avec grand-père. J'avais commencé toute jeunette et, même si je le soupçonnais de m'aider à gagner en sacrifiant ses pions et me laissant aller à dame, j'étais fière comme le roi Artaban.

Jusqu'au jour où je lui déclarai, non moins fière, que cela ne m'amusait plus de jouer « pour de faux », et que s'il continuait à tricher pour me favoriser, je chercherais d'autres adversaires, quitte à me faire battre à plate couture. Il s'inclina et, pour être méritées, mes rares victoires m'apparurent mille fois plus délectables encore.

Il me semble que c'est durant ces parties que je compris l'importance de la vérité. Même en en sortant avec des bleus.

Dans l'étude de Me Brisac, assise sur une chaise à haut dossier de velours clouté, face au solennel bureau Empire derrière lequel se tenait celui-ci, j'ai senti que, sur l'échiquier de la vie d'Erwan, débutait ce matin une partie cruciale où la triche n'aurait pas sa place et où il jouerait son avenir « pour de vrai ».

La veille, avant de nous séparer, il avait appelé l'avocat et réussi à décrocher un rendez-vous à midi, empiétant certainement sur son déjeuner. Alors que depuis des jours, le soleil ne désarmait pas, ce matin, lorsque nous avions embarqué sur la vedette de 11 heures, une petite pluie fine, prégnante, comme un pleur, noyait le paysage, reflétant notre état d'esprit.

Arrivés à Brest, Erwan m'avait entraînée dans un parking privé où sommeillait une voiture d'un autre siècle de toute beauté : une « Cobra », m'avait-il appris, ayant appartenu à son père. Les sièges-baquets de cuir clair étaient aussi confortables que leur nom l'indiquait. Au-dessus du tableau de bord s'arrondissaient un nombre impressionnant de cadrans, comme sur celui d'un avion.

– Si tu veux, un jour, je te la ferai conduire, m'avait proposé Erwan face à mon admiration.

– Encore faudrait-il que j'aie mon permis !

Eh non, je ne l'avais pas, ma chère mère ne s'étant pas souciée de me donner les moyens de le passer. Durant les quelques mois où j'avais vécu avec Erik, il m'avait proposé de me donner des leçons de pilotage. J'aurais dû accepter : piloter un avion sans permis de conduire, la classe. Non ?

Pour l'heure, nous sommes dans le bureau de Me Brisac : un petit homme grassouillet aux cheveux tout blancs et aux sourcils broussailleux foncés.

« Une très chère amie », m'a présentée Erwan, et je pense qu'il a compris : c'était fait pour. J'ai bien aimé lorsque, avant d'aborder les « choses sérieuses », il lui a proposé un cigare. Et la loi ? Plus encore quand Erwan l'a accepté : « pour après ».

Tandis qu'il déroule sa longue et périlleuse histoire, j'observe le visage de son avocat : grave, attentif, on pourrait presque dire

« serein ». Il n'a pas tiqué lorsque Erwan lui a fait part des crimes commis par Enora. Ses sourcils se sont froncés quand il lui a avoué garder sa femme prisonnière au manoir. Et j'ai vu, à ses côtés, Erwan Ier.

La confession de son client terminée, il observe un long silence. Un silence peut être complice, il peut aussi être annonciateur de tempête. Dans le sien, je ne lis que l'amitié. Confirmée par ses paroles.

– Nous voilà dans de jolis draps ! Comptez sur moi pour nous en sortir.

« Nous » ?

« Un avocat écoute, il entend, il aide », a résumé Erwan hier. Oui !

À présent, Me Brisac pianote sur son ordinateur. Lorsqu'il relève la tête, son visage est plus détendu.

– Nous plaiderons l'immunité familiale, décide-t-il.

Il s'explique.

L'immunité familiale est une loi qui empêche les membres d'une même famille de dénoncer l'un des leurs ou de porter plainte contre lui afin d'en préserver l'unité. Ainsi, en ne dénonçant pas à la justice les crimes commis par sa femme, Erwan a bel et bien commis une faute, une faute grave, mais celle-ci est excusée par la loi.

– D'autant que si j'ai bien compris, votre épouse n'a pas toutes ses facultés mentales, ajoute l'avocat.

– Cela veut-il dire que je ne ferai pas de prison ? demande Erwan en retenant son souffle.

– Je l'espère bien. Quant à votre femme, elle devrait être placée dans un institut psychiatrique pour « irresponsabilité due à des troubles mentaux ».

– 35 –

Erwan m'a regardée et j'ai lu un immense soulagement sur son visage. Non, nous ne serions pas séparés. Et Enora, elle aussi, échapperait à la prison.

Qu'en penserait Maxime ? La veille, Erwan avait pris la décision courageuse de l'appeler pour lui apprendre que sa fille n'avait pas disparu – ce mot qui le heurtait tant – et qu'il la retenait contre son gré au manoir. Avec précaution, il lui en avait donné les raisons : les deux jeunes femmes retrouvées sans vie sur la plage et sa certitude que c'était elle qui avait agi.

Rassuré de savoir sa fille vivante et en bonne santé, Maxime n'avait pas paru trop affecté par le récit de son gendre. La conduite violente d'Enora vis-à-vis de sa cousine lui proposant d'être la marraine de son bébé l'avait sans doute préparé au pire. Et, loin d'en vouloir à Erwan pour son silence, il l'avait remercié d'avoir tout fait pour la protéger.

Un instant plus tard, c'était sa femme, Inès, qui appelait. Et elle aussi l'avait remercié. Puis elle lui avait fait part de son intention d'engager un avocat pour défendre sa fille et, à sa demande, lui en avait fourni les coordonnées.

Erwan a raconté à Brisac la réaction positive de ses beaux-parents et il lui a transmis le nom de son confrère.

– Je me mettrai dès ce soir en contact avec lui, nous travaillerons ensemble, l'a assuré celui-ci.

Puis Marthe a été évoquée et, à son sujet également, Erwan s'est montré d'une totale franchise.

– Il me semble que vous connaissiez Marthe Blast ? a-t-il commencé.

C'était la première fois que j'entendais le nom de famille de la gouvernante : « Blast ». Sec comme une détonation.

– Je l'ai en effet rencontrée quelques fois lorsque je rendais visite à votre père, a confirmé l'avocat. Il la tenait en haute estime. Il m'avait confié vouloir s'assurer que, lorsqu'il ne serait plus là, elle aurait de quoi vivre dignement. Et, si elle le souhaitait, quitter le manoir.

Marthe en « haute estime » ? Bien sûr, avant qu'Erwan n'épouse Enora et qu'elle ne s'en entiche au point de perdre tout discernement.

Il a raconté à Me Brisac l'amour excessif que celle-ci vouait à sa patronne. Amour qui l'avait probablement conduite à lui céder lorsqu'elle refusait de prendre ses médicaments, laissant libre cours à sa folie. Deux jeunes femmes innocentes n'en avaient-elles pas fait les frais ?

– Avez-vous la preuve de ce que vous avancez ? lui a demandé Brisac, visiblement troublé.

– Aucune preuve mais de fortes présomptions.

– Alors, oubliez-les, a tranché l'avocat. Ne prenons pas le risque de voir Marthe impliquée dans l'histoire alors que son appartenance à votre famille depuis une quarantaine d'années devrait lui permettre de bénéficier, elle aussi, de l'immunité familiale.

Et, lorsque Erwan a acquiescé, c'est moi qui ai été soulagée : la menace Marthe écartée ?

– Quand Enora aura rejoint l'institution psychiatrique dont vous nous avez parlé, croyez-vous qu'elle aura le droit d'y recevoir des visites ? a-t-il demandé à Brisac. Je pense à ses parents bien sûr ; mais aussi à Marthe.

– Je ne puis vous le dire avec certitude, a regretté Brisac. Cela peut dépendre des établissements. Mais si vous le souhaitez, je me renseignerai le moment venu.

Il a souri à son client, refermé le bloc sur lequel il avait pris des notes et ouvert un gros agenda.

– À présent, les questions pratiques ! Demain matin, première heure – première vedette plutôt –, je veux vous voir ici. Nous nous rendrons à la gendarmerie qui prendra votre déposition. Un peu plus tard, nous rencontrerons le procureur. Ne vous faites pas de soucis ; un ami à moi. Un homme très bien, attentif, efficace, vous verrez.

– Et quel sera exactement son rôle ? s'est enquis Erwan.

– Le rôle d'un procureur est de veiller à ce que la justice soit appliquée et défendre l'intérêt de la société. C'est, par ailleurs, lui qui nomme le juge d'instruction. Mais nous aurons tout le temps d'en parler demain, a-t-il ajouté. D'accord pour le programme ?

– D'accord.

– Et, quoi qu'il arrive, pas de panique, a conclu Brisac avec humour.

– 36 –

Les cigares ont été allumés. Facile de parler de « calumets de la paix ». Cela a été mon tour d'être mise sur la sellette, de raconter qui j'étais et d'où je venais. Bien sûr, j'ai parlé de grand-père et quand Me Brisac m'a appris qu'il l'avait rencontré : « un grand monsieur », il m'a semblé que la boucle était bouclée.

La pluie avait cessé de tomber lorsque, vers 13 h 30, nous avons quitté l'étude.

– Que dirais-tu d'un bon déjeuner ? a proposé Erwan.

– Oh oui !

Il a choisi *L'Embrun*, un restaurant spécialisé dans les produits du terroir. Pour nous y rendre, nous avons emprunté la rue Saint-Malo, l'une des plus anciennes de la ville, aux murs de granit rose bordés de plantes de toutes sortes. Alors que nous y cheminions, écoutant nos pas claquer sur les pavés, il me semblait en entendre d'autres : les pas de ceux qui nous avaient précédés ici, avec, comme nous, leurs peines, leurs joies, les grandes et petites marées de leurs vies, et je me suis sentie accompagnée.

Erwan a poussé la porte de l'établissement.

– Avez-vous réservé ? a demandé un maître d'hôtel au nœud pap noir impeccable.

– Hélas non, a répondu Erwan d'une voix faussement désolée.

– Alors, c'est votre jour de chance : un couple vient juste de se décommander.

Notre jour de chance ? Si seulement ! Merci, le couple.

Nous avons été guidés jusqu'à notre table, à l'autre bout de la salle. Un brouhaha joyeux régnait. Entre les boiseries, les murs étaient tendus de tissu rose un peu fané où j'avais envie de laisser courir mon doigt comme sur une histoire d'autrefois, résumée par la photo du patron à toque blanche, entouré de ses employés, trônant fièrement au-dessus du bar.

Nous nous sommes installés. Tout près de nous, un groupe d'étudiants semblaient fêter quelque chose. Des coupes ont été levées, des applaudissements ont fusé.

– Écoute, c'est toi qu'ils applaudissent, a chuchoté Erwan à mon oreille : la plus belle.

On nous a apporté le menu et je l'ai laissé choisir pour moi. C'était la première fois que nous allions au restaurant ensemble. La première fois que nous pouvions nous prendre la main et même nous embrasser sans craindre les regards et nous ne nous en sommes pas privés.

Nous nous étions promis de ne pas parler de l'affaire et, bien sûr, nous n'avons fait que ça.

Requinqué par l'optimisme affiché par son avocat, Erwan espérait que le scandale qu'il redoutait tant serait évité. Comme la plupart des Ouessantins, il connaissait bien les gendarmes du peloton, certains personnellement. La famille Saint-Hilaire était respectée de tous. Il suffirait qu'ils aient à cœur de se montrer discrets pour que nul n'aille chercher plus loin.

« Pas de panique », avait dit Brisac.

« Aie confiance », me répétait grand-père alors que j'avançais mes pions. Une douce euphorie me gagnait à laquelle je me suis abandonnée.

Quant au menu « gastronomique », choisi par Erwan ? Aucun souvenir.

– 37 –

Parmi les nombreux noms donnés à Ouessant : « l'île du bout du monde », « l'île aux phares », « L'île aux femmes », bien d'autres, il y a : « l'île aux dauphins » et il n'est pas rare de les voir faire escorte aux bateaux, pour la plus grande allégresse des touristes.

Ils sont parfois accompagnés de phoques balourds, de gracieux fous de Bassan ou de « perroquets de mer », comme on appelle les macareux. Une espèce en danger, la femelle ne pondant qu'un seul œuf par an et ne trouvant plus à se nourrir depuis que les pêcheurs ont interdiction de rejeter à la mer le poisson non désiré, leur pitance.

Difficile de sauver tout le monde !

Autour de la vedette qui nous ramenait chez nous, un groupe de dauphins s'est livré à un somptueux ballet, applaudi par les passagers. Lorsque vous vous trouvez face à une épreuve, tout devient signe et cette danse joyeuse m'a paru de bon augure.

Un couple d'Ouessantins est venu saluer Erwan :

– Alors ? Tout va bien au Manoir du Cygne ? Et du côté des moutons noirs, pas trop de problèmes ?

– Aucun problème autre que ceux habituels, a répondu Erwan avec gentillesse.

Discrètement, je m'étais éloignée. Mais après le sentiment de liberté éprouvé à *L'Embrun*, je me sentais frustrée et comme humiliée. Pourrions-nous un jour, tout simplement « être ensemble », sans craindre les regards suspicieux ?

Il était 16 h 30 lorsque nous avons accosté. « Demain, première vedette », avait convenu Brisac avec Erwan. Demain, il reprendrait sa belle « Cobra » sans moi. Quelle drôle d'idée de donner un nom de serpent à une voiture ! J'ai décidé d'apprivoiser le reptile en acceptant de le conduire. Avec permis. Une promesse de plus faite à moi-même. Un pas de plus vers un avenir… dompté ?

– Que dirais-tu de passer la soirée ensemble ? m'a proposé Erwan. Et pourquoi pas la nuit ? Au diable les mauvaises langues.

Une chaleur m'a parcourue. Oui, au diable ceux qui jetaient une ombre sur notre bonheur !

Ce qui ne m'a pas empêchée de pignocher :

– À condition que tu m'autorises, sitôt rentrés, à prendre un long bain moussant.

– Accordé. J'en profiterai pour appeler le gentil Maxime et lui faire part des bonnes nouvelles.

Mais voilà que dans la baignoire, des bulles jusqu'au menton, un mot venait me tourmenter : « dernière ». Dernière soirée ? Dernière nuit ? Et si Brisac s'était montré trop optimiste ? Que, demain, Erwan soit retenu à Brest ?

Mais qu'est-ce qui m'arrivait ? D'où me venaient ces idées noires ? Je les ai noyées en plongeant ma tête dans la mousse.

Il est 18 heures. Vêtue d'un long t-shirt-chemise de nuit emprunté à mon maître et seigneur, je le rejoins dans le jardin où il a réussi à caser deux fauteuils en osier et une table à apéritif.

C'est l'heure où le chant des oiseaux s'adoucit, où couleurs et odeurs ressemblent à des adieux. Le pourpre du rhododendron se fane. Je lui donne rendez-vous demain, même heure, même ciel, pour faire le point. Il répond « oui » pour tout le monde, les oiseaux aussi.

Quand je prends place près d'Erwan, il fronce le nez. A-t-il reconnu le parfum dont, je ne sais par quel défi, j'ai vaporisé quelques gouttes sur ma nuque et sur mes poignets ? Sans commentaires, il me tend un verre de vin blanc, désigne la coupelle d'amandes et de gâteaux salés, auxquels il a ajouté une grosse poignée de cerises griottes : « Sers-toi, ma chérie. » Notre dîner ? Cela me convient.

– As-tu eu Maxime ?

– Il devait avoir la main sur son appareil parce qu'il a décroché au quart de tour, s'amuse-t-il. Et, comme je l'espérais, il a été rassuré. L'institution psychiatrique lui paraît être un moindre mal. D'autant que je lui ai laissé entendre qu'Inès et lui pourraient vraisemblablement y rendre visite à leur fille.

Soudain, un bruit dans la chambre, comme un froissement de jupe, me fait sursauter. Je me lève, écarte le voilage : personne.

– Que t'arrive-t-il ? s'inquiète Erwan.

– J'ai cru entendre quelqu'un. J'ai eu peur que ce ne soit Marthe. Ne m'as-tu pas dit qu'il lui arrivait d'écouter aux portes ?

– C'est en effet dans ses habitudes, déplore Erwan. Mais de là à s'introduire ici... Et tiens, à ce propos j'allais te parler d'elle. L'estime que, selon Brisac, lui portait mon père, son souci d'assurer son avenir, m'ont fait réfléchir. Ne nous montrons-nous pas injustes avec elle ? Soupçonneux à l'excès ? Et ne devrais-je pas l'avertir, au moins la préparer, à ce qui l'attend : une séparation avec Enora ? Ça risque d'être un choc terrible pour elle.

La voix d'Erwan est pleine d'appréhension. Je la partage.

– Et si tu attendais demain, après avoir rencontré le procureur ? Quand tu auras tous les éléments en main ?

– Et voilà ! Comme toujours ma Dame a raison ! applaudit Erwan. Mais demain, quoi qu'il advienne, je lui parle.

Épuisés par cette journée, nous nous sommes couchés tôt. Je craignais qu'Erwan veuille faire l'amour, de devoir tricher, simuler un désir, un plaisir, que je me sentais incapable d'éprouver. Mais sans doute ressentait-il la même chose puisqu'il s'est contenté de me prendre contre lui, loger ma tête dans son épaule et murmurer : « Demain, mon cœur, promis. »

– 38 –

On parle de « sommeil du juste ». Justice n'ayant pas été rendue, j'ai très mal dormi, entraînée dans une ronde de robes noires d'avocats et pourpres de procureurs. Quelle couleur, celle du juge d'instruction ?

Quand, à 6 h 30, le réveil a sonné, il m'a semblé que je venais seulement de m'endormir.

– Cette nuit, tu n'as pas cessé de t'agiter, m'a appris Erwan. Tu as même crié. Un cauchemar ?

– Oh ! la la ! Ce n'étaient pas les dauphins qui dansaient mais tout le ministère de la Justice : des robes, des robes… À propos, pourquoi en portent-ils ?

– On raconte qu'autrefois c'étaient des soutanes. Avec trente-trois boutons : l'âge du Christ à sa mort, a répondu mon savant.

Des juges en soutane ? Dieu pour patron ? J'ai frissonné : que de crimes commis en Son nom.

La première vedette partait à 7 h 45. Tandis qu'Erwan s'habillait, je lui ai préparé un café qu'il a avalé debout dans la cuisine. Rien d'autre.

J'aurais voulu l'accompagner à l'embarcadère, il a refusé net :

– Pour me regarder partir en agitant ton mouchoir, comme les femmes de marins au long cours ? a-t-il plaisanté.

Et, à nouveau, le mot « dernier » m'a traversée. « Dernier voyage » ?

Arrête, Astrid !

Il m'a fait promettre d'être là à son retour. Il m'appellerait dès qu'il aurait une idée de l'heure.

Après son départ, j'ai retapé le lit, rangé un peu, puis je suis rentrée chez moi.

La première chose que j'ai faite ? M'offrir un petit-déjeuner : un vrai. Puis j'ai jeté dans la machine à laver les vêtements portés la veille et il m'a semblé, avec eux, me défaire de toutes les sombres idées qui, je ne sais pourquoi, ne cessaient de me poursuivre. Toutes ces « dernières fois » empoisonnées.

Pour forcer la chance, j'ai revêtu une tenue colorée, en accord avec le beau temps revenu. Et, pour la nuit prochaine – « demain, mon cœur, promis » –, j'ai mis dans mon sac ma plus jolie chemise de nuit.

Cela s'appelle l'optimisme.

Solène avait-elle remarqué que j'avais découché ? Très probablement. Elle vit un peu l'œil et l'oreille tournés vers moi. Non par indiscrétion comme Marthe mais par amitié. Que penserait-elle lorsqu'elle apprendrait qu'Erwan retenait sa femme prisonnière dans son donjon ? Parce que, même si le scandale était évité comme il l'espérait, Solène finirait forcément par l'apprendre. M'en voudrait-elle de ne lui en avoir rien dit ?

Pour éviter de la croiser, plutôt que de déjeuner à « L'Albatros », je me suis fait un sandwich jambon-fromage, j'y ai ajouté quelques fruits et je suis retournée au manoir.

À midi, j'ai pique-niqué agréablement dans le jardin, jambes au soleil. Me souvenant du restaurant où nous avions déjeuné, Erwan et moi, hier, je me suis promis, la tempête passée, d'y revenir avec lui et, cette fois, de profiter du menu gastronomique. À ajouter au rayon : « projets ».

Erwan m'a appelée alors que je croquais dans un abricot, tiède à souhait. Tout s'était bien passé à la gendarmerie, il me raconterait. Il s'apprêtait à rencontrer le procureur et serait très probablement rentré en milieu d'après-midi. Oh oui, vite, mon cœur !

Je n'avais pu m'empêcher de lui parler à mi-voix, hantée par un bruissement de jupe entendu la veille. L'avais-je vraiment inventé ?

Soudain, je me suis souvenue d'un roman, lu durant mon adolescence et qui m'avait beaucoup plu. Il s'intitulait *Rebecca* et son auteur, Daphné du Maurier, était anglaise. Si je m'en souvenais bien, l'histoire se passait dans un manoir où se trouvait une gouvernante folle dingue de sa patronne ; la belle Rebecca. À l'occasion, il faudrait que je le relise. Un projet de plus.

– 39 –

On parle de « tromper son attente ». Mon pique-nique terminé, je suis revenue au salon où j'ai pioché, dans la petite bibliothèque héritée des gardiens, un essai de Marcel Aymé, « roi de l'humour », ça tombait bien ! Après avoir fermé à clé la porte donnant sur le manoir, comme me l'avait recommandé Erwan, je me suis installée dans le canapé. Combien de temps à l'attendre ?

Me suis-je endormie ? Une clé dans la serrure me fait sursauter : 15 heures, déjà Erwan ? Je saute sur mes pieds et m'apprête à courir vers lui quand je me pétrifie.

Celle qui avance lentement vers moi dans une longue robe noire au profond décolleté – une robe de scène –, j'en ai cherché en vain l'image depuis des semaines. Eh oui, c'est bien elle : belle, très belle, effroyablement belle. Je ne la voyais pas si grande : des talons démesurés ? Ses longs cheveux bruns tombent sur ses épaules en boucles savantes. Elle s'est maquillée et, sur son visage privé de soleil, blafard, tout est « trop ». Trop rouge, sa bouche, trop sombres ses cils et ses sourcils, trop scintillantes les perles de son collier. Le parfum dont elle s'est inondée est le même que celui dont, hier, par défi, j'avais volé quelques gouttes dans le flacon de la salle de bains. Un défi qu'elle relève aujourd'hui ?

Comment a-t-elle pu échapper à la surveillance de Marthe ? Qui lui a donné la clé de la maison d'Erwan ? Que cache-t-elle dans la main qu'elle dissimule derrière son dos ? Ce n'est pas la peur qui m'étreint mais un sentiment de fatalité, de malédiction, moi qui, jusque-là, m'en moquais ; refusant de m'en remettre au destin.

J'avais tort.

Depuis le jour lointain où Erwan et moi nous nous sommes rencontrés sur une plage de l'île d'Ouessant, chacun de nos pas, de nos gestes, chacune de nos paroles, et même l'amour que nous nous portions, surtout l'amour, nous menait irrésistiblement, inexorablement, à cet après-midi, ce moment, cet instant, de tous les dangers.

Et, non, je n'ai pas peur, c'est comme ça, c'est tout.

Enora est tout près à présent. Je peux sentir son haleine fétide : une haleine de morte vivante ?

– Tu m'as volé mon mari ! lance-t-elle avec fureur.

C'est vrai. Sans une hésitation, sans le moindre remords, je lui ai pris Erwan et il s'est donné tout à moi. Rien à dire pour ma défense. Si c'était à refaire, je recommencerais. Alors je me tais et j'attends.

Quand Marthe apparaît, je ne suis pas surprise. C'est elle, bien sûr, qui m'a dénoncée à sa « patronne », a nourri la haine qui brûle dans son regard, alimenté sa folie, armé la main qui brandit soudain un couteau vers ma gorge.

– Madame, non !

Enora se fige. Son regard chavire. On dirait qu'elle se réveille, reprend conscience. Elle baisse le bras comme on se rend.

Dans le regard de Marthe, un noir triomphe. Elle pointe le doigt vers ma poitrine.

– Vous l'aurez voulu, crache-t-elle.

Avant de prendre la main d'Enora, l'entraîner vers la porte, disparaître.

– 40 –

Il était près de 18 heures lorsque Erwan est rentré. Son visage avait perdu tout l'allant du matin, ses lèvres étaient serrées et tout son corps tendu. De toute évidence, l'entrevue avec le procureur s'était mal passée. Et alors que j'avais attendu son retour avec fièvre, pressée de me libérer de la visite reçue, je me suis tue.

Sans un mot, il m'a serrée un long moment contre lui puis il m'a menée jusqu'au canapé où nous nous sommes assis. Sentait-il le parfum laissé par Enora ? Il n'y a pas fait allusion, sans doute trop préoccupé par ce qu'il avait à me révéler.

Tout s'était passé au mieux à la gendarmerie. Rodrigue n'était pas présent et il en avait été soulagé. Pas envie de s'exprimer devant un ami. Comme moi avec Solène.

Brisac avait exposé les faits puis le capitaine avait longuement interrogé Erwan. Et, tandis qu'il répondait à ses questions, il n'avait senti autour de lui que de la sollicitude et même parfois du respect, ce qui lui avait fait un bien fou. C'est en quittant la gendarmerie qu'il m'avait appelée.

Il s'est interrompu comme pour rassembler ses forces avant d'entrer dans « le dur ». J'aurais tant voulu pouvoir l'aider mais, pour l'instant, je n'avais à lui offrir que mon silence, ma totale attention.

Le procureur était tel que le lui avait décrit son avocat : un homme calme, attentif, direct. Pas le genre à se perdre dans les détails. On voyait qu'il avait l'habitude de parler à la presse – autre aspect de son métier. N'empêche que ce qu'il avait appris à Erwan de la suite des événements était tout simplement insupportable.

Ses épaules se sont affaissées comme sous un poids trop lourd et le désespoir a empli sa voix : « Écoute, mon Astrid, écoute... »

Demain matin, les gendarmes viendraient le chercher ainsi qu'Enora. Ils les conduiraient à Brest où ils seraient reçus par le juge d'instruction qui procéderait à l'interrogatoire de la présumée coupable de deux assassinats, avant de la confier à un médecin indépendant qui établirait son degré de conscience durant les faits. Pour cela, elle devrait à nouveau se soumettre à une batterie d'examens médicaux qui prendraient plusieurs jours durant lesquels elle serait incarcérée à la maison d'arrêt de Brest.

La voix d'Erwan a grondé :

– Tu te rends compte, Astrid ? Enora arrachée au manoir, soumise à la question, jetée en prison ? Quoi qu'elle m'ait fait endurer durant toutes ces années, je ne peux l'accepter. Elle est MALADE ! »

– Mais justement, ils seront bien obligés de le reconnaître, me suis-je écriée. Et ils la placeront dans cet institut dont Brisac t'a parlé. Et, à propos, il était là, Brisac ?

Je n'avais pu retenir l'agressivité dans ma voix. Mais n'était-ce pas lui qui avait donné de faux espoirs à Erwan avec son

« immunité familiale » et le fameux institut qui régleraient tout ? Sans faire une seule fois allusion à des interrogatoires ou à une possible incarcération. Brisac, ses cigares et son « pas de panique ».

– Bien sûr, il était là. Tout aussi assommé que moi. Tu dois savoir, Astrid, qu'il est avocat en droit des affaires, pas au pénal. Et s'il a accepté de me défendre, c'est sur mon insistance et par amitié pour mon père. Comment pourrais-je le lui reprocher ?

– OK, ai-je admis. C'est seulement que le réveil est un peu duraille, tu avoueras. Et maintenant, il se passe quoi ? Il ne peut plus rien faire ?

– Il a déjà fait beaucoup. Sans lui, à l'heure actuelle, Enora serait déjà à Brest. Brisac a bataillé pour que l'arrestation soit reportée à demain. Sous certaines conditions bien sûr, afin que je puisse l'y préparer.

J'ai sorti un mouchoir de ma poche et épongé mon front. J'étais en nage. Il me semblait être emportée par un tourbillon impossible à arrêter.

– Et ensuite ? Après l'interrogatoire et les examens médicaux ?

– Deux possibilités, a répondu Erwan. Soit le juge d'instruction déclare Enora coupable et c'est la prison, le procès. Soit il lui accorde les circonstances atténuantes et c'est l'hôpital. Dans les deux cas, les barreaux, à vie !

Il a eu un geste de révolte :

– Et ses parents, Astrid ? Ses pauvres parents ? Tu imagines leur état quand je leur apprendrai le sort réservé à leur fille ?

J'ai revu les yeux pleins d'espoir de Maxime. J'ai senti sa main sur la mienne. C'était trop en effet. Je me suis levée.

– Pardonne moi, Erwan, je te laisse quelques minutes, je vais chercher à boire.

Il n'a pas répondu. Comme moi, l'urgence de respirer ?

Dans la cuisine, j'ai ouvert grande la fenêtre, fermé les yeux, présenté mon visage au vent. Et maintenant, j'allais devoir parler à Erwan de l'intrusion d'Enora ici, l'achever ? Mais comment faire autrement ? Avais-je le choix ?

Le regard de haine de sa femme, le couteau brandi, me sont revenus. Et si, au contraire, en lui rappelant son extrême dangerosité, je ne le soulagerais pas un peu ?

J'ai attrapé une bouteille d'eau, deux verres, et j'y suis allée.

– 41 –

– Erwan, Enora est venue ici cet après-midi.

Il remplissait les verres, son geste se casse et de l'eau éclabousse la table. Son regard est incrédule. Il ne me croit pas. J'insiste.

– J'étais là, sur ce canapé, je lisais en t'attendant. Je l'ai tout de suite reconnue.

Je lui raconte l'entrée théâtrale de sa femme, son maquillage outré, sa main cachée derrière son dos et son explosion de fureur : « Tu me l'as volé. » Et le couteau brandi. Et l'intervention de Marthe : cette sorte de noir triomphe sur son visage, son « Vous l'aurez voulu », avant que toutes deux fassent demi-tour.

Tandis que je parlais, sur le visage d'Erwan, la colère a pris le pas sur l'accablement. Il se redresse.

– Marthe, bien sûr ! Marthe sans laquelle rien de ce que nous vivons aujourd'hui n'aurait eu lieu. Marthe à la base de tout.

N'est-ce pas elle, s'insurge-t-il, qui s'était opposée à ce qu'Enora reste à l'hôpital quand, son état s'aggravant, le patron avait voulu la garder ? Elle qui avait fermé les yeux lorsque Enora trichait avec ses médicaments, se rendant ainsi complice de ses meurtres ? Et Marthe encore qui, cet après-midi, avait manigancé mon face-à-face avec Enora après avoir attisé sa haine ?

– Je me demande pourquoi elle ne l'a pas laissée achever le travail, conclut-il amèrement. Ce n'est pas l'envie qui devait lui en manquer. Probablement n'y a-t-elle pas vu son intérêt.

– Et si elle était au courant de ta décision de te rendre à la justice, cela pourrait tout expliquer ?

– Pourquoi pas ? À force de fouiner. Et pour tout ce qui touche à sa chère maîtresse, elle a toujours eu des antennes.

Il a crié. Je frémis. À aucun moment, ni l'un ni l'autre n'avons songé à contrôler nos voix. Et comment douter une seconde que Marthe ne nous a pas entendus ? La « fouineuse » a forcément guetté le retour d'Erwan et nos retrouvailles. Si elle n'était pas au courant de la suite des événements, c'est chose faite. Mon Dieu !

Erwan se penche sur moi, compatissant :

– Et toi, ma pauvre chérie, comme tu as dû avoir peur.

– C'est maintenant que j'ai peur, Erwan. Des paroles de Marthe : « Vous l'aurez voulu. » Si tu l'avais entendue, c'était comme un avertissement, une menace. J'aurai voulu quoi ?

Il prend son verre, avale quelques gorgées, réfléchit. Je revois l'expression de triomphe sur le visage de celle qui m'a toujours détestée et je ne peux m'empêcher de frissonner.

– Je suppose que la menace s'adressait à nous deux, observe Erwan. Au scandale que Marthe a l'intention de déclencher sur l'île à notre sujet. L'horrible châtelain séquestrant sa femme afin de pouvoir la tromper en toute tranquillité. Et, crois-moi, elle mettra autant d'énergie à salir la famille qu'elle en mettait autrefois à la défendre.

Il soupire :

– Quand je pense qu'après ce que Brisac m'avait dit de l'estime que mon père lui portait j'étais prêt à toutes les indulgences.

Soudain, une autre idée me vient :

– Et si, tout simplement, elle projetait d'enlever Enora ? Ne m'as-tu pas dit qu'elle en était capable ?

– Très certainement. Mais les conditions posées par le procureur pour reporter l'arrestation ne le lui permettront pas. Si tu sors d'ici, tu te heurteras à deux gendarmes. Tu en trouveras également deux à l'embarcadère. Et si, malgré tout, Marthe et Enora parvenaient à s'enfuir, elles ne pourraient pas rester cachées bien longtemps sur une si petite île.

Deux gendarmes à notre porte ? Marthe les a-t-elle vus ? Mais non, elle m'en aurait parlé. À moins qu'ils n'aient été inclus dans sa menace ? Je ne sais plus que penser, je suis larguée.

Erwan se lève et me tend la main :

– Allez ! Assez cogité comme ça pour rien. Si on allait plutôt faire un sort à la bouteille de vin blanc d'hier ? Installe-toi dans le jardin, je reviens.

J'ai traversé la chambre et repris place dans le fauteuil en osier où ce matin, après être passée chez moi, je m'étais installée, jambes au soleil pour pique-niquer. Le soir commençait à tomber, le rhododendron baissait ses paupières fleuries, les oiseaux retenaient leur chant. Il m'a semblé être punie. Pour avoir trop espéré ?

Erwan m'a rejointe avec la bouteille de vin… et deux coupes. Parfois l'humour s'appelle « courage ». Il les a remplies, m'a tendu la mienne.

– À notre amour ! Envers et contre tout, a-t-il dit en levant la sienne.

Plus tard, après un dîner-grignotage, il m'a demandé si je verrais un inconvénient à ce qu'il dorme au salon. Il laisserait la porte ouverte sur la cour du manoir afin de veiller à ce que les complices ne profitent pas de la nuit pour se sauver.

J'ai accepté à la condition de laisser ma porte à moi ouverte sur le salon, afin de pouvoir l'aider si besoin était.

Lui restait à tenir la promesse faite la veille à Maxime de l'appeler sans faute pour lui raconter sa visite au procureur. Fatalement un sacré choc pour lui.

– J'ai eu tort de me montrer trop optimiste. J'ose espérer que son avocat aura été plus réaliste que moi.

Son avocat ? Je l'avais complètement zappé celui-là.

– Allez, va vite te coucher, m'a ordonné Erwan en m'embrassant. Je te raconterai tout ça demain.

« Tout ça » ? Lâchement, je me suis inclinée.

La jolie chemise de nuit apportée ce matin de la maison m'attendait dans la chambre au grand lit. L'enfilant après une brève visite à la salle de bains, j'entendais les mots murmurés par Erwan hier en me serrant tendrement contre lui : « Demain, mon cœur, promis. »

Nous étions demain, la promesse ne serait pas tenue et mon cœur était en lambeaux.

J'ai fermé les yeux. Comment, déjà, se terminait l'histoire de Rebecca ?

– 42 –

Une odeur de fumée, des craquements, comme de brèves détonations, me réveillent. Nuit noire. Au loin, une sirène ? Le cœur battant, je me lève, cours dans le salon.

Et me heurte à Erwan, en route vers la chambre.

– Le feu ! Vite, Astrid, habille-toi, m'ordonne-t-il.

Ses traits sont déformés par l'angoisse. Avant que j'aie pu lui répondre, il fait demi-tour et disparaît.

Revenue dans ma chambre, j'enfile pull, jean et baskets. Le feu, bien sûr. Comment n'y avais-je pas pensé ?

C'est le donjon qui brûle, ou plutôt, là-haut, la chambre d'Enora. Une fumée épaisse, mêlée à de courtes flammes, s'échappe de l'étroite fenêtre, envahit la cour, pique les yeux, le nez, la gorge. Partout, des uniformes : ceux, bleus, des gendarmes, ceux, barrés de rouge, des pompiers qui jaillissent du gros camion stationné devant le porche aux battants grands ouverts. Des projecteurs, disposés un peu partout, donnent à la scène un aspect irréel.

« Silence, on tourne » ?

À quelques pas, Erwan vient d'arrêter un soldat du feu. Il désigne la fenêtre, il supplie :

– Monsieur, elles sont là-haut, s'il vous plaît, sauvez-les.

– N'ayez pas peur, nous sommes là pour ça, répond le pompier avant de rejoindre ses camarades.

Les épaules d'Erwan s'affaissent, je me serre contre lui. Pas besoin de mots : il sait.

« Vous l'aurez voulu. »

À présent, deux pompiers détachent du camion une immense échelle rouge. Ils se fraient un chemin vers le donjon. À nos pieds, courent des tuyaux de toutes sortes, tels des serpents. Quelle heure est-il ? J'ai laissé ma montre sur la table de nuit. Je me penche vers le poignet d'Erwan. Il comprend et me devance : « 3 h 35. » L'heure du plus profond sommeil, celle à laquelle, dit-on, la police procède aux arrestations.

Et à quelle heure le feu a-t-il pris dans la mansarde ? Je ne peux m'empêcher de tendre l'oreille, redoutant, espérant, un cri de femme, un appel à l'aide, un signe de vie. Mais seul me parvient un grondement de fauve dévorant sa proie.

L'échelle est dressée contre le mur du donjon. Casqués, visières baissées, lances au poing, deux pompiers entament leur ascension. Savent-ils que c'est pour rien ? Qu'il n'y a plus personne à sauver ? Que c'est trop tard ?

Soudain, une quinte de toux me plie en deux, emplit mes yeux de larmes. Le bras d'Erwan m'entoure :

– Fais attention à toi, à lui, bredouille-t-il.

Je me redresse et rassemble mes forces. J'affirme :

– T'en fais pas pour lui, il va très bien.

Si ça peut l'aider…

On dirait que la fumée se dissipe sous l'action des lances. De l'eau ruisselle sur le sol. Je remarque seulement les jambes du pyjama d'Erwan qui dépassent de son caban. Il ignore que, cachée sous mon pull et mon jean, je porte une jolie chemise de nuit, rapportée hier de « L'Albatros » pour le séduire.

Dérisoire.

Un gendarme s'approche :

– Madame, monsieur, vous ne pouvez pas rester là.

Il désigne le porche :

– Il faut sortir.

C'est un ordre. Sans répondre, Erwan prend mon coude et m'entraîne. Alors que nous passons près de la maisonnette, je pense à mon sac, mes papiers, mes clés, mon portable, laissés dans la chambre, à la portée de n'importe qui.

Mais quelle importance ? Là-haut, deux femmes sont mortes, dont l'une m'avait avertie : « Vous l'aurez voulu », et que je n'ai pas été fichue d'entendre.

Voilà le porche.

Des barrières ont été dressées derrière le lourd camion rouge. Une vingtaine de personnes s'y pressent, hommes, femmes, ados. Venus pour le spectacle ? La colère m'envahit. J'ai envie de leur crier : « Fichez le camp, y a rien à voir. »

Mais alors qu'Erwan apparaît, le silence se fait, tous les regards se tournent vers lui et une voix forte, masculine, s'élève.

– Monsieur, on est avec vous.

Puis une autre, féminine celle-là :

– Vous pouvez compter sur nous.

Et une autre encore :

– On vous aime, on va vous aider.

Et c'est de bonheur, de bonheur malgré tout, que nous pleurons.

– 43 –

Le jour se levait. Un beau jour ensoleillé de juillet. Le feu éteint, les pompiers avaient regagné la caserne. Ne restaient dans la cour que quelques gendarmes qui discutaient entre les placides lions de pierre et les arbustes dégoulinant d'eau et de suie, dans leurs élégants pots de terre à guirlandes. Si l'on voulait les sauver, il ne faudrait pas trop tarder à s'en occuper.

Bilan de l'incendie : deux victimes et un blessé léger parmi les soldats du feu.

Côté matériel, le pire avait été évité : le corps du donjon ainsi que le manoir étaient intacts. Seule avait grandement souffert la chambre où se trouvaient les victimes. Le peu qu'il en restait : débris d'objets, bribes de vêtements, ressorts d'un matelas, pied d'un bougeoir en argent, avait été soigneusement recueilli dans des sacs pour les besoins de l'enquête. Les restes d'un bidon d'essence, trouvé sur le palier, accréditait la thèse de l'incendie volontaire.

La scène du crime avait été entourée de ruban jaune. Dès l'après-midi les enquêteurs se livreraient à leur travail : une enquête vite bouclée, les victimes étant connues de tous et la cause de l'incendie imputable à l'une ou à l'autre. À moins que les deux ne se fussent mises d'accord, ce que l'on ne saurait jamais.

« Vous l'aurez voulu. »

Dévasté par le remords, Erwan ne pouvait se résoudre à quitter les lieux. En demandant que sa femme ne soit remise que le lendemain à la justice et en ne prêtant pas suffisamment attention au comportement de Marthe, ne s'était-il pas rendu responsable de leurs morts ? Me reprochant le même manque de lucidité, j'étais incapable de l'aider.

Ironie du sort : c'était dans un incendie que périssait la gouvernante de *Rebecca*.

À 8 heures, une cellule de crise s'est tenue à l'hôtel *Roch ar mor* sur la place du bourg. Brisac, accouru par la première vedette, et Erwan, bien sûr, y assistaient. À la demande d'Erwan, j'y ai été admise. Y retrouvant « l'ami Rodrigue », j'ai un peu mieux respiré.

Le patron de l'établissement a tenu à offrir à tous les participants boissons chaudes et croissants qui ont été très appréciés. Seul Erwan s'est abstenu.

Chez les gendarmes, nul n'ignorait sa situation après sa déposition de la veille. Il y a ajouté la visite que j'avais reçue d'Enora et de Marthe ce même après-midi et mon tour est venu de témoigner. Le pire tient souvent en quelques mots, ceux-là étaient de haine. S'y était ajouté un avertissement que ni Erwan ni moi n'avions su entendre.

Afin d'expliquer cette visite, il a bien été obligé de parler de notre liaison. Si certains militaires ont été choqués, ils ne l'ont pas laissé paraître. Il m'a semblé voir Rodrigue sourire.

Le capitaine a conclu que c'était très probablement la perspective d'être séparée de sa maîtresse et amie qui avait conduit

Marthe à sa tragique décision et il a eu un mot de compassion pour elle.

La réunion terminée, Erwan a tenu à raccompagner Brisac à l'embarcadère. Celui-ci ne cessait de se reprocher de n'avoir pas su agir pour éviter le drame.

– Le meilleur des avocats n'aurait pu empêcher le procureur d'accomplir son boulot et convoquer Enora à Brest. Avec les conséquences que l'on sait, lui a fait remarquer Erwan. Et qui aurait pu imaginer une seule seconde que Marthe mettrait le feu au donjon ?

J'ai baissé les yeux.

Plus tard, avant de nous quitter, Brisac a porté ma main à ses lèvres en un geste désuet qui lui allait bien :

– Je suis certain que vous saurez adoucir la peine de votre Erwan, a-t-il déclaré.

Et son « votre » a achevé de me réconcilier avec lui.

Plusieurs journalistes piétinaient devant le manoir, maintenus à distance par les gendarmes. Il y avait là, entre autres, un représentant du journal local, *Le Télégramme*, et une petite équipe envoyée par une chaîne de télévision grand public.

Lorsque Erwan est apparu, tous se sont précipités sur lui en brandissant leurs micros et braillant son nom. Prudemment, je me suis éloignée.

D'un geste autoritaire, Erwan a écarté les micros. Il a déclaré qu'il ne répondrait à aucune question, ni aujourd'hui, ni demain, et que si certains s'avisaient de revenir, ils auraient affaire à lui.

Sa voix avait retrouvé sa fermeté, son regard son intransigeance. Celui que j'aimais était de retour.

J'ai pensé que son père l'aurait approuvé : on ne s'attaque pas impunément au nom des Saint-Hilaire.

Ils sont repartis la queue entre les jambes. Sans doute, se rabattraient-ils sur les Ouessantins. La plupart de ceux-ci étant acquis à leur « seigneur », comme ils le lui avaient manifesté ce matin, ils ne devraient pas récolter trop de « saignant ».

Avant la curée ?

– 44 –

À plusieurs reprises, durant la matinée, Erwan avait pensé à appeler ses beaux-parents. Mais comment leur annoncer le pire au téléphone ? Finalement, il avait décidé de se rendre à Brest pour leur parler de vive voix. En espérant que personne d'autre ne s'en serait chargé avant lui. J'avais insisté pour l'accompagner : pas question d'être absente quand Maxime, « mon » Maxime, apprendrait le grand malheur.

Les journalistes partis, nous avons été autorisés par les gendarmes à pénétrer dans la maisonnette pour nous y changer et récupérer quelques affaires. Une odeur de fumée s'attardait dans le salon en désordre. La chambre était restée telle que je l'avais laissée. Nul n'avait profité de la panique pour s'y introduire et je m'en suis voulu d'y avoir songé.

J'avais plusieurs appels sur mon portable, je les écouterais plus tard. Nous nous sommes douchés et vêtus de propre. Dix heures trente, l'heure de partir pour Brest, le quartier Saint-Marc où habitaient les Graves. Après avoir remercié les gendarmes, nous avons pris le chemin du port.

Au loin, quelques nuages se formaient, le vent portait de l'eau. De toutes mes forces, j'ai souhaité qu'il pleuve : une bonne averse qui nettoierait cette matinée. On peut toujours rêver.

Erwan marchait en silence, concentré, préparant les mots impossibles à prononcer. Nous n'avions pas fait cent mètres qu'au détour d'un chemin ses beaux-parents apparaissaient.

Ils avançaient à petits pas, Inès précédant son mari. Découvrant Erwan, elle a poussé un cri déchirant.

– Dites-moi que ce n'est pas vrai, qu'il s'est trompé, que ma fille est vivante !

« Il » : son avocat ? Devant sa détresse, je me suis souvenue qu'elle avait toujours refusé de croire à la mort d'Enora.

Erwan a voulu prendre sa main, elle a reculé. Je n'avais plus d'yeux que pour Maxime qui arrivait à notre hauteur.

Dans le regard qu'il fixait sur moi, il y avait une telle prière, un tel appel à l'aide, que j'ai été sur le point de le prendre dans mes bras. Mais non. En aucun cas, Inès ne devait se douter de notre proximité.

Erwan a posé la main sur mon épaule.

– Astrid, accepterais-tu de nous héberger chez toi ?

– Mais bien sûr !

– Alors, nous te suivons.

Inès me regardait, méfiante. Je lui ai souri et elle a incliné la tête. Dix minutes plus tard, nous passions la porte de la maison.

Solène m'y attendait. À plusieurs reprises durant cette matinée, elle et Alban m'avaient proposé leur aide, je n'ai donc pas été étonnée de la trouver là. J'ai laissé Erwan conduire ses beaux-parents dans le salon et je l'ai suivie à la cuisine.

– Oh, madame, madame, a-t-elle bafouillé, les larmes aux yeux.

– Quand te décideras-tu à m'appeler par mon prénom ? l'ai-je grondée en l'embrassant.

Et comme ça devait être la millième fois que je le lui demandais, nous avons ri.

Voudrait-elle nous préparer un assortiment de boissons et, si possible, quelque chose d'un peu consistant à manger ? me suis-je enquise. Elle a accepté avec reconnaissance. J'ai insisté pour qu'elle soit des nôtres.

Inès et Maxime de Graves étaient assis sur le canapé. En face d'eux : Erwan. J'ai pris place dans un fauteuil à côté de Maxime.

Il était question de Marthe.

– Est-ce vraiment cette gouvernante la cause de tout ? Pouvez-vous m'expliquer ? lançait Inès avec agressivité à son gendre.

De « cette gouvernante », Erwan s'était efforcé d'en dire le moins possible à ses beaux-parents, pour ne pas les inquiéter plus qu'ils ne l'étaient déjà.

– Disons que Marthe aimait... déraisonnablement Enora. Elle n'a pas supporté l'idée d'en être séparée, a-t-il répondu avec le plus de douceur possible.

– C'est ça ! s'est révoltée Inès. Elle l'aimait même tellement qu'elle a mis fin à ses jours de la façon la plus horrible qui soit : le feu.

Au mot « feu », Maxime s'est emparé de ma main en bredouillant des paroles incompréhensibles. Je la lui ai laissée, tant pis ! Un long, long silence est tombé.

– 45 –

Solène l'a rompu en apparaissant, poussant la table roulante. Sur celle-ci : jus de fruits, thé et café soluble et une bouilloire d'eau fumante. Elle y avait ajouté un gâteau qui fleurait bon l'amande. Tout à fait le genre, Solène, à l'avoir confectionné aux aurores pour me réconforter.

Je l'ai remerciée des yeux et lui ai désigné un siège. Dignement, elle a fait « non » de la tête et elle est sortie. Ce ne serait pas demain qu'elle m'appellerait par mon prénom…

Inès a pris du thé, j'en ai servi une tasse à Maxime qui continuait à tenter en vain de s'exprimer. Je m'apprêtais à l'aider, l'interroger, quand sa femme a explosé.

– Et vous, Erwan, qu'avez-vous fait pour protéger Enora ? Empêcher qu'elle ne finisse brûlée vive ?

Comme brûlé lui aussi par les mots terribles de sa femme, Maxime a retrouvé la parole. Il a agrippé mon poignet.

– Astrid, est-ce qu'elle a souffert ? Est-ce que ma petite fille a eu mal ? m'a-t-il demandé d'une voix étranglée.

Et là, Erwan m'a bluffée.

– Non ! a-t-il affirmé. Pas une seule seconde. Croyez-vous que Marthe l'aurait permis ? Votre petite fille est partie sans souffrir, endormie par la fumée.

Et ce ton sans appel, ce regard, cette autorité – mais surtout parce qu'il y croyait lui-même –, ont convaincu Maxime qui a enfin pu laisser couler ses larmes, de bonnes grosses larmes qui lui ont remis le cœur à l'endroit.

Inès l'a-t-elle cru ? Je l'espère pour elle.

Plus tard, comme nous nous séparions, elle a daigné me serrer la main : gagné ? Maxime, lui, m'a lancé un MERCI gros comme une montagne. Je me suis promis de le revoir, la tempête passée.

Durant les quelques jours qui ont suivi, un bruit a commencé à se répandre sur l'île. La veille du drame, Enora aurait fait sa réapparition au manoir. C'est elle qui, volontairement ou non, aurait déclenché l'incendie. Nul n'ignorant qu'elle avait un « grain », les gens n'ont pas été plus étonnés que ça. Erwan s'est bien gardé de démentir.

À cette époque de « fake news » et d'intox généralisée, il peut arriver qu'une âme généreuse nous offre une bonne nouvelle. Connaîtrions-nous jamais le nom de celui ou celle qui, dans l'ombre, avait œuvré pour nous ?

Fin juillet, une messe a été célébrée en l'église Saint-Martin de Brest à l'intention d'Enora de Saint-Hilaire, née Graves. Cérémonie sans cercueil bien sûr. L'assistance était nombreuse, les parents de la disparue comptant de nombreux amis. Dans son homélie, le curé a parlé d'une âme cruellement éprouvée qui connaissait enfin la paix.

Afin d'honorer celle qui l'aimait tant, de la musique classique avait été choisie pour accompagner l'office. Écoutant le célèbre *Requiem* de Mozart, aux accents à la fois terribles et mélancoliques, je pensais au don que, selon son professeur, Enora avait pour le chant. Si sa maladie ne l'avait pas empêchée de le cultiver, d'en profiter et en faire profiter les autres, très probablement serait-elle encore là. Le Ciel ne l'avait pas voulu.

Pour la première fois, j'ai éprouvé de la pitié pour elle.

– 46 –

Août. À Ouessant, l'île où les goélands viennent picorer dans votre main, la saison bat son plein. Les voiles fleurissent partout sur la mer, mouettes et fous de Bassan ne savent plus où donner des ailes, et sur les plages de sable fin ou sur les rochers, dans la lande aux moutons noirs ou au rucher de Pacoulerme, les touristes affluent. On râle pour la forme mais, au fond, on est contents.

J'ai décidé de me remettre au travail. Depuis combien de temps ai-je abandonné mes fusains ? Presque deux mois ! Et Morgane, de retour à Brest, ne tardera pas à m'appeler. Parions qu'elle s'impatiente déjà.

Que lui dirai-je du drame qui s'est joué ici pendant qu'elle crapahutait dans ses Alpes ? Lorsqu'en juillet, lui faisant mes adieux, j'avais affirmé crânement que je contrôlais la situation, j'ignorais qu'Erwan retenait depuis des mois sa femme prisonnière dans son donjon.

J'en ai discuté avec lui et la solution la plus sage nous a paru de nous aligner sur la rumeur adoptée par l'île : le brusque retour d'Enora au manoir et l'incendie qui l'avait emportée ainsi que Marthe.

Espérons que Morgane s'en contentera. Et quand je lui annoncerai le bébé à venir et lui proposerai d'en être la marraine, j'entends d'ici son explosion de joie. Quoi qu'il en soit, il me faut progresser du côté de notre cher pirate afin d'avoir de quoi endiguer le flot incessant de ses questions.

Bref: mentir par omission.

Il faut savoir que grand-père, bien que croyant, m'a élevée dans le culte du mensonge, plus particulièrement celui « par charité ». Ne souriez pas, vous le pratiquez vous aussi.

Imaginez un seul instant que chacun expédie à la figure de l'autre ses quatre vérités alors qu'une seule peut suffire à vous brouiller à mort ? Genre : « Plutôt que de critiquer sans arrêt les autres, tu ferais mieux de regarder en face ta sale petite tronche. » Ou bien : « Jouer les généreux quand on est aussi pingre que toi, c'est du grand art ! » Ou encore : « Si j'avais su que t'étais aussi chiante, jamais je ne t'aurais épousée. » Pour ne citer, en termes élégants d'aujourd'hui, que les vérités qui nous démangent le plus. Oui, imaginez la vie jonchée de cadavres, même pas exquis.

Erwan et moi ayant décidé de ne plus cacher nos sentiments, je ne crains plus le retour surprise du roi Erik. Mais pas question, pour le moment, de parler mariage afin de ne pas heurter ses beaux-parents. Même si quelque chose me dit que lorsque Maxime apprendra que nous nous aimons, il n'en sera pas si mécontent.

Comme je me l'étais promis, nous nous voyons régulièrement. Mon but ? Lui redonner confiance en lui : vaste programme ! Mon rêve ? Qu'il balance un jour à sa Cruella un retentissant :

« Je vous emmerde. » Oh, la joie ! À l'occasion, j'aime bien être méchante. N'avons-nous pas tous nos petites faiblesses ?

Hier, émotion divine, j'ai senti sous mon plexus un minuscule coup de pied : le premier « coucou » d'Erwan III. Eh oui, un garçon. Confirmé par une splendide échographie. Qu'est-ce que je vous avais dit ? (Phrase à éviter mais dur dur parfois de résister.) Si je laissais faire le père, il passerait ses journées main et oreille collées à mon ventre. Faut-il qu'il l'ait désiré, ce fils ! Et on ne se protège pas du bonheur avec un préservatif – n'est-ce pas, prince charmant ?

En attendant, en L'attendant, Erwan a entrepris de gros travaux au manoir. Et commencé par le salon-cathédrale poussiéreux, aux murs tapissés de redoutables portraits d'aïeux qui vous suivent d'un regard furibond quand vous osez vous aventurer dans leur domaine. Il les a remplacés par celui, bienveillant, de son père. Désormais, les bêcheurs n'effraient plus que les souris au grenier.

Le salon rajeuni, les artisans se sont attelés aux chambres : celle du couple avec lit à baldaquin et salle de bains tout confort – denrée inconnue à l'époque de la construction. Celle du petit prince, aux murs tapissés d'étoiles et au berceau revêtu de tulle blanc.

Bien que certaine qu'Erwan Ier serait heureux de voir son fils de retour à la maison mère, je n'ai pas, pour autant, l'intention d'abandonner la maisonnette au rhododendron ni mon « Albatros ». Ils peuvent compter sur moi pour venir de temps en temps y passer la nuit, accompagnée ou non. Ne dit-on pas que l'amour déteste la monotonie ?

Un cauchemar me poursuit. Oui, Marthe a mis le feu à la chambre d'Enora, mais après avoir abrité celle-ci dans la sienne. Toutes deux ont profité de la pagaille monstre pour quitter les lieux. La surveillance étant terminée à l'embarcadère, elles ont pris sans difficulté la vedette. Actuellement, elles se cachent dans les environs de Brest, aidées par la vente des bijoux qu'Erwan avait eu la faiblesse de laisser à sa femme. Une nuit prochaine, profitant de notre sommeil, Marthe viendra parachever sa vengeance.

Lorsque j'ai fait part de mes frayeurs nocturnes à Erwan, il s'est penché sur moi avec une infinie tendresse et a loué mon imagination « débordante ». Avant de me proposer, si cela pouvait me rassurer, de dormir son épée au côté pour me protéger.

Je me suis bien gardée d'insister et projette d'aller très vite consulter Robic, mon cher sorcier. À ses nombreux talents, il ajoute celui de désenvoûteur et je suis certaine qu'il saura m'aider. J'entends encore sa voix lors de ma première visite : « Quoi qu'il arrive, n'oublie jamais qui tu es. On est ce que l'on fait. Ce que l'on ose. » Tordre le cou à un fantôme ne devrait pas être bien… sorcier.

– 47 –

J'ai relu *Rebecca.* Il s'y trouve en effet un manoir et une gouvernante toquée de sa maîtresse : madame Danvers. Le héros de l'histoire s'appelle Maxim de Winter. Maxim sans « e ». Hasard ? Coïncidence ? Coup du sort ? Fatalité ? Je suis en train de changer de bord. Croire au destin ajoute des couleurs au mystère de la vie.

C'est pour se venger de Maxim, qui a tué sa femme, que la gouvernante met le feu au manoir. Incapable de vivre sans la belle Rebecca, elle se jette dans le brasier.

L'histoire est racontée par la jeune épouse de Maxim. Son prénom ? Impossible de le trouver dans les trois cents et quelques pages du livre. Sans doute l'auteur l'a-t-elle fait exprès pour permettre à ses lectrices de s'identifier à elle. En ce qui me concerne, c'est fait. L'identification : le secret d'un bon roman.

Mais pour moi, la plus fabuleuse des histoires est celle que nous raconte la mer, et je vais souvent l'écouter au phare du Stiff.

Elle me dit que dans ses abysses évoluent d'étranges créatures aveugles, entre poisson et crustacé, inconnues de nous.

Que si nous savions les entendre, elles nous éclaireraient sur les origines du monde. Et sur nous-mêmes. La mer nous raconte l'histoire de navires gisant depuis des siècles en son fond, de capitaines courageux mariés à l'océan à la vie à la mort et des vibrants « Hissez haut » de marins embarqués dans l'aventure.

La mer-mère dont les vagues nous bercent quand elles ne nous emportent pas pour toujours. « Toujours », « Jamais », des mots qu'elle seule peut se permettre et qui riment avec infini.

La mer sans laquelle mon capitaine et moi ne nous serions pas rencontrés.

Nous nous sommes mariés fin septembre à Ouessant. Église et mairie comme l'auraient voulu grand-père et le père d'Erwan.

Solène avait accepté d'être mon témoin. Celui d'Erwan, un parfait inconnu, tiré à quatre épingles, portant jaquette et nœud pap, m'a indiqué que je n'en avais pas fini avec les surprises de mon tombeur. Tant mieux !

À l'hôtel de ville, nous nous sommes promis devant le maire respect, fidélité, secours et assistance, avant de nous diriger vers l'église Saint-Paul-Aurélien. Le parcours du combattant, le vent s'appliquant à faire s'envoler les chapeaux.

J'y ai fait mon entrée au bras de Maxime, tout heureux, et qui pour l'occasion s'était brouillé avec Inès. Mission accomplie !

Les fleurs mauves de la bruyère, jaunes des ajoncs et vert profond de la « langue-de-serpent », plante sévissant dans la région, transformaient le chœur en paysage champêtre. L'église était pleine d'un joyeux brouhaha. Le curé a parlé de bonheur mérité et souhaité « bon vent » au futur croyant que j'abritais très visiblement en mon sein. J'avais chargé Morgane de la musique et, foi de paroissien, on n'en avait jamais entendu d'aussi belle et étrange. Bref : un mariage extraordinaire.

Plusieurs buffets avaient été dressés sur la place du bourg. Comme par miracle, le vent s'était calmé. Je soupçonne Robic de s'être arrangé avec Éole, le dieu du vent. Il a ses accointances là-haut. J'ai regretté qu'il ne soit pas présent, mais bon, c'est son côté ermite.

On a dégusté des fruits de mer, du ragoût de mouton noir et du gâteau au miel, amande et caramel. Le tout inondé de champagne. Bien sûr Les Marins d'Iroise étaient là et leur fameux refrain : « Roses d'Ouessant, roses de sang ».

Notre fils est né fin décembre alors que les guirlandes de Noël fleurissaient aux quatre coins de l'île. Il a les yeux aigue-marine, le menton volontaire de son père et, paraît-il, l'impertinence de sa mère. Si, avec ça…

Il s'appelle Erwan de Saint-Hilaire. Quel plus beau nom ?

Composition réalisée par Belle Page

Cet ouvrage a été imprimé en France par
CPI Brodard & Taupin
Avenue Rhin et Danube
72200 La Flèche (France)

pour le compte des Éditions Fayard
en février 2021

N° d'édition : 30-1026-2/01 - N° d'impression : 3041824